O TREM ITALIANO DA FELICIDADE

O TREM ITALIANO DA FELICIDADE

VIOLA ARDONE

TRADUÇÃO: **MARIO BRESIGHELLO**

Il treno dei bambini © 2019 Giulio Einaudi editore

Published by special arrangement with Viola Ardone in conjunction with their duly appointed agents Alferj e Prestia S.N.C. - Agenzia Letteraria and The Ella Sher Literary Agency, www.ellasher.com

rrangement with St. Martin's Press.
All rights reserved.

Copyright © Faro Editorial, 2025
Todos os direitos reservados.

Cover © Netflix, 2025. Used with permission.

Questo libro è stato tradotto grazie ad un contributo del Ministero degli Affariesteri e della Cooperazione Internazionale Italiano.

Obra traduzida com a contribuição do Ministério das Relações Exteriores e da Cooperação Internacional da Itália.

Nenhuma parte deste livro pode ser reproduzida sob quaisquer meios existentes sem autorização por escrito do editor.

Diretor editorial: **Pedro Almeida**
Coordenação editorial: **Carla Sacrato**
Assistente editorial: **Letícia Canever**
Preparação: **Tuca Faria** e **Daniel Rodrigues Aurélio**
Revisão: **Bárbara Parente**
Adaptação de capa: **Vanessa S. Marine**
Projeto gráfico e diagramação: **Saavedra Edições**

Dados Internacionais de Catalogação na Publicação (CIP)
Angélica Ilacqua CRB-8/7057

Ardone, Viola
   O trem italiano da felicidade / Viola Ardone ; tradução de Mario Bresighelo. — São Paulo: Faro Editorial, 2025.
   240 p.
   ISBN 978-65-5957-758-3
   Título original: Il treno dei bambini

   1. Ficção italiana 2. Guerra - Ficção I. Título II. Bresighelo, Mario

21-0082   CDD 853

Índice para catálogo sistemático:
1. Ficção italiana

2ª edição brasileira: 2025
Direitos de edição em língua portuguesa, para o Brasil, adquiridos por **Faro Editorial**

Avenida Andrômeda, 885 – Sala 310
Alphaville – Barueri – SP – Brasil
CEP: 06473-000
WWW.FAROEDITORIAL.COM.BR

PRIMEIRA PARTE

1946

1

A minha mãe caminha depressa na minha frente pelos becos e vielas dos bairros espanhóis de Nápoles – um passo dela são dois dos meus. Olho para os sapatos das pessoas. Sapato perfeito: um ponto; sapato furado: menos um ponto. Sem sapatos: zero ponto. Sapatos novos: um troféu como prêmio. Nunca tive meus próprios sapatos, uso os dos outros, por isso eles sempre me machucam. A minha mãe diz que ando torto, mas não é culpa minha. É do sapato dos outros. Eles têm a forma dos pés de quem os usou antes. Pegaram os seus hábitos, pisaram em outras ruas, entraram em outras brincadeiras. E quando chegam pra mim, o que os sapatos sabem de como ando e para onde quero ir? Devem habituar-se aos poucos, mas o pé cresce quando isso acontece, e os sapatos ficam pequenos e voltam a incomodar.

A minha mãe na frente, e eu atrás. Não sei aonde estamos indo, e ela diz que é para o meu bem. Mas aí tem coisa, como daquela vez da suspeita de piolho. Ela garantiu que era para o meu bem e raspou a minha cabeça. Sorte que o meu amigo Tommasino ficou careca também, para o bem dele. Os amigos do beco debochavam de nós, dizendo que parecíamos duas almas penadas saídas do Cemitério Fontanelle.

Antes Tommasino não era meu amigo. Uma vez eu o vi roubando uma maçã do Cabeça Branca, o fruteiro da banca na praça do mercado. Daí foi quando pensei que não podíamos ter amizade, porque a minha mãe, Antonietta, me explicou que somos pobres, sim, mas ladrões, não. Do contrário, viraríamos ralé. Mas ao me ver, para minha surpresa, Tommasino roubou uma maçã para mim também. Como não a roubei – ganhei de presente –, comi a fruta, já que estava morrendo de fome. Daquele dia em diante, viramos amigos. Amigos de maçãs.

A minha mãe segue no meio da rua sem nunca olhar para o chão. Eu arrasto os pés e bato as pontas dos sapatos uma na outra para afastar o medo. Conto nos dedos até dez e recomeço do zero. Quando chegar a dez vezes dez, vai acontecer uma coisa boa, assim é a minha brincadeira. Uma coisa boa, mas, até agora, nada me aconteceu, talvez porque eu tenha feito a conta errada. Não gosto de números. Ao contrário das letras, que eu as reconheço isoladas, mas me confundo quando elas se misturam para formar as palavras. A minha mãe diz que não tenho de ter a mesma vida que ela, por isso me colocou na escola. Fui, mas não me dei bem lá. Primeiro, porque a gritaria dos colegas me causava dor de cabeça, e a sala de aula era pequena e fedia a chulé; segundo, porque eu tinha de ficar o tempo todo parado e quieto na carteira desenhando linhas. A professora, que tinha o queixo para a frente e a língua presa, dava tapa na cabeça de quem não a obedecesse. Levei dez em cinco dias. Eu contei os tapas nos dedos como fazia com os pontos dos sapatos, mas não ganhei nada de bom. Então, não quis ir mais para a escola. A minha mãe não gostou e afirmou que eu deveria, pelo menos, aprender uma profissão; então, me mandou ser trapeiro. No começo, achei muito bom: eu ficava o dia inteiro recolhendo roupas velhas e trapos de casa em casa, ou mesmo de dentro das latas de lixo, e levava ao mercado para o Cabeça de Ferro. Mas depois de alguns dias, eu estava tão cansado que sentia saudade dos tapas da professora queixuda.

Paramos diante de um prédio cinza e vermelho, de janelas grandes.

— É aqui — a minha mãe diz.

Esta escola parece mais bonita que a outra. Dentro é silenciosa e não fede a chulé. Subimos até o segundo andar, onde nos mandaram esperar sentados num banco de madeira no corredor, até que alguém nos chama: "O próximo". Já que ninguém se mexe, a minha mãe entende que "o próximo" somos nós, e entramos.

A jovem que nos aguardava escreve em uma folha o nome da minha mãe – Antonietta Speranza – e diz:

— Vocês ficaram com a que sobrou.

Aí eu penso: agora a minha mãe se vira, e voltamos para casa. Mas não.

— Vocês dão tapas nos alunos, professora? — pergunto e cubro a minha cabeça com os braços por precaução.

A jovem ri e belisca sem apertar a minha bochecha.

— Acomodem-se — ela pede, e nos sentamos diante dela.

A moça não se parece em nada com a outra professora, de queixo para a frente. O seu sorriso é bonito, com dentes brancos e perfeitos; o cabelo é curto, e ela usa calça comprida como os homens. Ficamos em silêncio. Ela se apresenta como Maddalena Criscuolo e comenta que talvez a minha mãe se lembre do seu nome, por sua luta para nos libertar dos nazistas. A minha mãe levanta e abaixa a cabeça, mas dá para ver bem que ela nunca tinha ouvido falar da tal Maddalena Criscuolo até aquele momento.

Maddalena conta que, naqueles dias, salvou a ponte do bairro da Sanità, que os alemães queriam explodir, e, por causa desse feito, ganhou uma medalha de bronze e um certificado. Acho que teria sido melhor se ela ganhasse sapatos novos: do par que ela usa, um pé está bom e o outro está furado (zero ponto). Maddalena diz que fizemos bem em ter ido para lá, que muita gente tem vergonha e que ela e as suas colegas percorrem casa por casa para convencer as mães de que é bom para elas e para os seus filhos. Mas que muita gente bateu a porta na cara delas e às vezes até xingaram. Eu acredito, porque quase sempre me xingam quando vou pedir roupa velha. Ela fala que muita gente boa confia nelas, que a minha mãe é uma mulher corajosa e que está dando um presente para o seu filho. Nunca ganhei presente de ninguém, a não ser a velha caixa de costura onde coloquei todos os meus tesouros.

A minha mãe espera que Maddalena pare de falar, porque falação não é uma arte que lhe agrada. Mas ela continua e diz que é preciso dar uma oportunidade às crianças. Eu ficaria mais feliz se me desse pão, açúcar e ricota. Comi ricota uma vez numa festa de americanos onde entrei junto com Tommasino (sapatos velhos: perco um ponto).

Maddalena prossegue, afirmando que organizaram trens especiais para levar as crianças lá para cima, ao norte. Aí, a minha mãe responde:

— Você tem certeza? Está vendo este aqui? É um castigo de Deus!

Maddalena diz para minha mãe que vão colocar muitos de nós no trem, eu não irei sozinho.

— Então não é uma escola! — Eu sorrio, finalmente entendendo.

A minha mãe não sorri.

— Se eu tivesse escolha, não estaria aqui. Esta é a única que tenho, vejam o que precisam fazer.

Na hora de ir embora, minha mãe caminha na minha frente como sempre, mas dessa vez ela vai mais devagar. Passamos pelo balcão de pizza, onde sempre agarro em suas roupas e não paro de chorar até levar um tapa. Ela para.

— De torresmo e ricota — pede para o rapaz atrás do balcão. — Uma só.

Não pedi desta vez. Acho que se a minha mãe quer comprar pizza frita para mim, por livre e espontânea vontade, no meio da manhã... não é um bom sinal.

O rapaz põe num pedaço de papel a pizza amarela da cor do sol, bem maior que a minha cara. Eu pego com as duas mãos, com medo de deixar cair. Está quente e cheirosa. Eu assopro, e o cheiro de óleo enche o meu nariz e a minha boca. A minha mãe se abaixa e me olha bem.

— Então você ouviu, filho? Agora você é grande, já vai fazer oito anos, e sabe qual é a nossa situação. — Limpa a gordura do meu rosto com as costas da mão. — Deixe-me experimentar também. — Ela pega um pedaço, depois endireita a coluna, e vamos para casa.

Não pergunto nada e começo a caminhar. A minha mãe na frente, e eu atrás.

2

Como não mais se falou sobre Maddalena, pensei que a minha mãe tivesse se esquecido do assunto ou mudado de ideia. Porém, alguns dias depois, uma freira veio à nossa casa a mando do padre Gennaro. A minha mãe espia pela janela e resmunga:

— O que será que essa cabeça de pano está querendo?

A freira torna a bater na porta, e a minha mãe põe a costura de lado e vai atender. Abre apenas uma fresta, de modo que a religiosa consegue mostrar apenas o rosto, todo amarelado. Ela pede para entrar, e a minha mãe, com visível insatisfação, abre totalmente a porta. A freira diz que a minha mãe é uma boa cristã, que Deus vê tudo e todas as coisas e que as crianças não pertencem nem aos pais nem às mães – são filhas de Deus. Os comunistas, no entanto, ela diz, querem que a gente vá no trem para a Rússia, onde cortam as nossas mãos e os nossos pés e não nos deixam mais voltar. A minha mãe não responde. Ela é muito boa em ficar quieta. Por isso a freira acaba se irritando e vai embora. Aí, eu pergunto:

— Você quer mesmo me mandar para a Rússia?

Ela volta para a costura e começa a falar sozinha:

— Mas que Rússia, Rússia... Não conheço nem fascistas nem comunistas. Não conheço nem padres nem bispos. — A minha mãe fala pouco com os outros, sozinha ela fala mais. — Até agora só conheci fome e canseira... Queria ver aquela cabeça de pano sem homem por perto e com um filho... Falar é fácil, ainda mais quando a gente não tem filhos. Mas onde é que ela estava quando Luigino caiu doente?

Luigi era o meu irmão mais velho e, se não tivesse tido a péssima ideia de pegar asma quando pequeno, hoje teria três anos a mais que eu. Portanto, quando nasci, eu já era filho único. A minha mãe quase nunca fala dele, só tem uma foto do meu irmão sobre a cômoda com uma velinha na frente. Quem me contou o caso foi a Encrenqueira, uma mulher muito esperta, que mora na casa em frente a nossa. O sofrimento da minha mãe foi tanto que ninguém achou que ela fosse se recuperar. Mas aí eu nasci, e ela ficou feliz, embora não tanto quanto foi com o meu irmão. Ou ela não estaria me mandando para a Rússia.

Decido ir até a casa da Encrenqueira, que sempre sabe de tudo, e o que não sabe, dá um jeito de ficar sabendo. Ela me diz que não é verdade que me levarão para a Rússia, que conhece Maddalena Criscuolo e as outras: elas querem ajudar, nos dar uma esperança.

De que me importa a esperança? Esperança já tenho no sobrenome, que é Speranza como o da minha mãe. Eu me chamo Amerigo. Quem me deu esse nome foi o meu pai. Nunca o conheci, e todas as vezes que pergunto dele, a minha mãe ergue os olhos para o céu, como quando começa a chover e ela lembra de não ter recolhido a roupa do varal. Diz que ele é mesmo um grande homem. E que foi para a América fazer fortuna.

— Ele vai voltar? — eu quis saber.

— Mais cedo ou mais tarde — ela respondeu.

Não me deixou nada, só o nome, mas já é alguma coisa.

Desde que todos ficaram sabendo da história dos trens, acabou o sossego no beco. Cada um fala uma coisa diferente: uns dizem que nos venderão e nos mandarão para a América para trabalhar; outros, que nos mandarão para a Rússia e nos colocarão em fornos; tem gente que descobriu que partirão apenas as crianças ruins, e as boas ficarão com as mães; e têm aqueles que não estão nem aí e continuam como se nada estivesse acontecendo, porque são muito ignorantes. Mas eu não sou ignorante, tanto é que no beco me chamam de Nobel, porque sei um monte de coisas, apesar de não querer ir mais para a escola. Aprendo mesmo é na rua: vou andando, escuto histórias, fico a par do que aconteceu com os outros. Ninguém nasce sabendo.

A minha mãe não quer que eu saia falando dos assuntos dela. E eu nunca conto a ninguém que embaixo da nossa cama ficam os pacotes de café do Cabeça de Ferro. Nem que ele vem à tarde, e eles se trancam lá dentro. O que será que ele diz à mulher dele? Talvez que vai jogar bilhar. Manda que eu saia e diz que eles precisam trabalhar. Então eu saio e vou catar coisas. Trapos, papéis, sucata, uniformes usados dos soldados americanos, roupa velha e cheia de pulgas. No começo, quando o Cabeça de Ferro vinha, eu não queria sair: não podia nem pensar que ele vinha se fazer de senhor na minha casa. Depois a minha mãe me disse que devo respeitá-lo, porque ele tem amizades importantes e porque nos dá de comer. Ela me garantiu que ele é bom no comércio e que eu só tenho a aprender com ele, que ele pode até me servir de guia. Não respondi, mas, daquele dia em diante, quando ele chega, eu saio. Trago para casa os trapos e roupas velhas que cato, a minha mãe lava, esfrega e costura, e aí nós damos tudo ao Cabeça de Ferro, que mantém uma banca na praça do mercado e vende para quem é mais pobre que nós. Enquanto isso, eu olho os sapatos e conto os pontos nos dedos, porque quando eu fizer dez vezes dez acontecerá uma coisa boa: o meu pai voltará rico da América, e eu mesmo vou deixar o Cabeça de Ferro do lado de fora da minha casa.

Uma vez a brincadeira funcionou de verdade. Na frente do teatro San Carlo, vi um senhor com os sapatos tão novos e brilhantes que os dois somaram cem pontos. E, de fato, quando voltei para casa, o Cabeça de Ferro estava em frente à porta do lado de fora. A minha mãe viu a mulher dele na rua com uma bolsinha nova debaixo do braço. O Cabeça de Ferro disse:

— Você tem de aprender a esperar. Espere que a sua hora vai chegar.

— Mas hoje quem vai esperar é você. — E naquele dia, a minha mãe não o deixou entrar em casa.

O Cabeça de Ferro respirou fundo, acendeu um cigarro e saiu com as mãos nos bolsos. Fui atrás, só para ter o gosto de vê-lo amargurado, e falei para ele:

— Hoje é feriado, Cabeça de Ferro? Você não está trabalhando?

Ele se agachou na minha frente, jogou o cigarro longe e, quando soltou a fumaça pela boca, saíram muitos círculos pequenos.

— Azedou — ele me disse. — Mulher e vinho são a mesma coisa. Ou você domina os dois ou eles dominam você. Se você se deixar dominar, perde os sentidos, se torna um escravo, e eu sempre fui um homem livre e sempre serei. Venha, vamos ao bar, hoje vou te deixar tomar vinho tinto. Hoje o Cabeça de Ferro fará de você um homem!

— Que pena, não posso, tenho mais o que fazer.

— O que você tem para fazer?

— Catar trapos, como sempre. Não dá muito dinheiro, mas garante a comida. Vou indo.

E eu o deixei sozinho enquanto os anéis da fumaça do cigarro desapareciam no ar.

Sempre coloco os trapos e as roupas velhas que encontro num cesto que a minha mãe me deu. Como ele fica muito pesado quando está cheio, comecei a levá-lo na cabeça, como fazem as mulheres no mercado. Aí, com o tempo, carregando hoje, carregando amanhã, o meu cabelo caiu, e eu fiquei com o topo da minha cabeça careca. Acho que foi por isso que a minha mãe me mandou raspar a minha cabeça, piolho uma ova!

Durante as minhas saídas para buscar trapos, pergunto em todo lugar sobre a história dos trens, mas nada. Uns dizem uma coisa, outros dizem outra completamente diferente. Tommasino continua a repetir que ele não precisa ir porque em sua casa não lhe falta nada, e a sua mãe, dona Armida, nunca precisou da caridade de ninguém. A Bonachona, que é a chefe do nosso beco, diz que no "tempo do rei" certas coisas não aconteciam, e as mães não vendiam os seus filhos. Hoje não há mais "dig-ni-da-de!". E sempre que fala isso deixa à mostra as gengivas marrons, cerra os poucos dentes amarelados que tem e o cuspe escapa pelos buracos dos dentes que perdeu. Acho que a Bonachona já nasceu feia, por isso nunca teve marido. Sobre esse assunto não se pode tocar, porque é o seu ponto fraco. Nem comentar o porquê de ela não ter filhos. Uma vez, ela teve um pintassilgo que fugiu. Mas nem do pintassilgo a gente pode falar com ela.

A Encrenqueira também é solteirona. Nunca se soube do motivo. Para uns, ela nunca se decidiu entre aqueles que a pediram em casamento, já que é muito rica e não quer dividir o seu dinheiro com ninguém, e aí acabou ficando solteira. Para outros, ela chegou até a ficar noiva, mas o noivo morreu. E há gente que ainda diz que ela teve, de fato, um noivo, mas descobriu que era casado. Acho que tudo isso é fofoca.

Só uma vez a Bonachona e a Encrenqueira concordaram: foi quando os alemães subiram até o beco para pegar comida, e as duas rechearam a torta com cocô de pomba dizendo a eles que era torresmo de porco, uma especialidade típica da nossa cozinha. Eles comiam e diziam "*Gut, gut!*" enquanto as duas se cutucavam com o cotovelo e riam com a mão na frente da boca. Nunca mais vimos os alemães; eles não voltaram nem para se vingar de nós.

A minha mãe não me vendeu, pelo menos até agora. No entanto, dois ou três dias após a vinda da freira, volto para casa com o cesto dos trapos e encontro lá a tal Maddalena Criscuolo. Agora sim, penso, vieram me comprar também! Enquanto a minha mãe fala com ela, fico dando voltas pela sala como bobo, e caso me façam alguma pergunta não respondo ou gaguejo de propósito. Quero parecer um retardado, assim não vão poder me comprar mais. Quem é o tonto que vai querer um menino gago ou retardado?

Maddalena diz que ela também vivia na pobreza, e que ainda vive, que a fome não é uma vergonha, mas uma injustiça. Que as mulheres devem se unir para melhorar as coisas. Por sua vez, a Bonachona sempre comenta que, se todas as mulheres tivessem o cabelo curto e usassem calça como Maddalena, o mundo viraria de cabeça para baixo. Então eu digo: "Quem é a Bonachona para falar com aquele bigode? Maddalena não tem bigode e tem uma bela boca vermelha e dentes brancos".

Ela baixa a voz e diz à minha mãe que conhece a sua história e sabe como ela sofreu, por causa da desgraça, e que as mulheres precisam ser solidárias entre si. A minha mãe olha por alguns minutos para um ponto na parede onde não há nada, e logo vejo que ela está pensando no meu irmão mais velho, Luigi.

Antes de Maddalena, já tinham vindo à nossa casa duas mulheres, mas não usavam calça comprida, nem tinham cabelo curto. Eram senhoras de verdade, loiras e com vestidos bonitos. Quando entravam no beco, a Encrenqueira fazia cara feia e dizia: "Chegaram as damas de caridade". No começo, ficamos felizes porque nos traziam pacotes com comida, mas logo descobrimos que dentro deles não tinha nem macarrão, nem carne, nem queijo. Tinha arroz. Era só arroz, só arroz. Sempre que vinham, a minha mãe olhava para o céu e dizia: "Hoje vamos fazer mais alguma coisa com arroz, vocês vão nos matar de tanto comer arroz!". No começo, as damas de caridade não entenderam, mas quando viram que ninguém queria mais aquelas caixas, disseram que aquele era um produto nacional e que elas faziam parte da "campanha do arroz". As pessoas começaram a não abrir mais a porta quando alguém batia. A Bonachona dizia que nós não sabemos o que é gratidão, que não merecemos nada e que não existe mais "dig-ni--da-de!". Já a Encrenqueira falava que vinham para zombar de nós, elas e o arroz, e sempre que alguém queria presenteá-la com algo que não ia servir para nada, exclamava: "Aí está, chegaram as damas de caridade!".

Maddalena promete que será divertido no trem e que as famílias do norte e da região central da Itália nos tratarão como filhos, nos darão de comer, cuidarão de nós, nos presentearão com roupas e sapatos novos (dois pontos). Então paro de me fazer de gago retardado e digo:

— Mãe, pode me vender para essa mulher!

Maddalena abre a sua boca grande e vermelha e começa a rir, e a minha mãe me acerta uma bofetada com as costas da mão. Levo os dedos à cara, que queima, não sei se pelo tapa ou pelo constrangimento. Maddalena para de rir e toca o braço da minha mãe, que se afasta como se tivesse encostado numa panela fervendo. A minha mãe não gosta que toquem nela, nem para ganhar um carinho. Nesse momento, Maddalena começa a me explicar bem séria que ela não quer me comprar. Que o Partido Comunista está organizando uma coisa inédita, que ficará para a história e todos se lembrarão por anos e anos.

— Como o caso da torta com cocô de pomba? — pergunto.

A minha mãe me olha com cara feia, e acho que um outro tabefe vai chegar. No entanto, ela me diz:

— E você, quer fazer o quê?

Eu respondo que se eles me derem um par de sapatos novinhos em folha (prêmio máximo) irei até a casa dos comunistas a pé, sem precisar pegar o trem. Maddalena sorri, e a minha mãe abana a cabeça, o que quer dizer "está bem".

3

A minha mãe para diante do prédio dos comunistas na rua Medina, onde já estivemos certa ocasião. Maddalena disse que temos de pôr os nossos nomes na lista dos trens. No primeiro andar, encontramos três rapazes e duas moças. Elas, assim que nos veem, levam a gente a uma sala onde há uma bandeira vermelha atrás de uma escrivaninha. Fazem-nos sentar e nos perguntam um monte de coisas. Uma fala e a outra escreve numa folha de papel. Ao final, a primeira tira uma bala de uma caixinha e me dá como agrado. A que escreve, por sua vez, coloca uma folha na mesa diante da minha mãe, que não entende. Então, põe uma caneta na mão dela e diz que ela tem de assinar. E a minha mãe, nada. Jogo o papel da bala fora, e sinto o cheiro forte de limão no meu nariz. Não é sempre que chupo bala.

Da sala ao lado, escutamos gritos dos três rapazes. As moças se olham sem dar um pio, porque dá para ver que já estão acostumadas com aquilo e não podem fazer nada mesmo. E a minha mãe lá, segurando a caneta com a mão imóvel e a folha na frente. Pergunto por que na outra sala estão gritando daquele jeito. A moça que estava escrevendo nada diz. A que falava, porém, explica que não estão brigando, só discutindo o que precisa ser feito para o bem de todos, e que isso é política. Aí eu pergunto:

— Desculpem, mas não estão todos de acordo aqui?

Ela faz cara de quem morde uma fruta e descobre que está podre e depois explica que há muitas divisões, correntes... Nesse momento, a que escrevia dá uma cotovelada na outra, para que perceba que está falando demais, e depois se vira para a minha

CRIANÇAS DA GUERRA   19

mãe e diz que, caso não saiba escrever, pode fazer uma cruz, já que as duas mulheres serão testemunhas. A minha mãe fica vermelha e, sem tirar os olhos da folha de papel, faz um X um pouco torto. Eu, depois que ela falou dessa história das correntes, fico com medo, porque, como a Encrenqueira sempre diz que são as correntes de ar que provocam catarro, uma vez me disseram que criança é que fica doente. O que não é justo: são os doentes que mais precisam ir para se curar, não é? Porque é fácil ser solidário com quem tem saúde, como exatamente diria a Bonachona, que, à parte os bigodes e as gengivas marrons, lá no fundo, é uma mulher muito boa também e, de vez em quando, até me dá um trocado.

Aí, as moças escrevem algumas coisas em um livrão e nos acompanham até a saída. Quando passamos pela outra sala, os jovens ainda estão brigando por causa de política. O bem magro e loiro a cada duas ou três palavras diz: "Questão meridional e integração nacional". Eu olho para a minha mãe para ver se ela entendeu, mas ela segue em frente. Nesse momento, o jovem loiro se vira para mim, pois estou passando exatamente naquele instante, e me olha como que dizendo: "Vamos, diga isso tudo a ele também!". Ora, mas eu não entendia nada daquilo; a minha mãe é que me trouxera, para o meu bem, senão nem teria vindo. A minha mãe me pega pelo braço e me diz em voz baixa:

— Você vai se meter nisso também? Fica quieto e vamos para fora!

E assim saímos, com o loirinho nos acompanhando com o olhar até a porta.

4

De repente, o tempo mudou. A minha mãe não me manda mais ir catar coisas, mesmo porque começou a chover e a fazer frio. Nunca mais me comprou pizza frita, mas teve um dia em que me preparou um macarrão à genovesa, e eu sou louco por isso. Nem a freira nunca mais foi vista e, no beco, pararam de falar daquele negócio dos trens.

Como eu e a minha mãe ficamos numa situação difícil sem as coisas que eu pegava na rua, eu e Tommasino decidimos fazer uma sociedade. No começo, ele nem quis saber. Em parte, porque não gostava; em parte, porque tinha medo de a mãe dele descobrir e o mandar para os trens também, como uma forma de castigo. Aí eu disse a ele que se o Cabeça de Ferro conseguia ganhar dinheiro com o que encontrava no meio do lixo, nós éramos uns tontos! Assim, começamos a trabalhar com camundongos. O nosso acordo era o seguinte: eu os capturava e ele os pintava. Depois, colocamos uma banca no mercado na área onde ficam os papagaios e pintassilgos para vendê-los como hamsters. Tive a ideia quando me lembrei de um soldado americano que criava hamsters para vendê-los às senhoras ricas que já não eram tão ricas assim. Os camundongos que eu capturava, com o rabo cortado e pintados de branco e marrom com tinta para sapatos, eram idênticos aos animaizinhos do soldado americano. No começo, os negócios foram bem. Eu e Tommasino tínhamos uma boa clientela, e hoje estaríamos até ricos se, num dia de azar, não tivesse começado a chover.

— Ameri — disse Tommasino naquela manhã —, se ganharmos dinheiro, você não vai ter de ir lá com os comunistas!

CRIANÇAS DA GUERRA   21

— O QUE ISSO TEM A VER? SERÁ COMO UMAS FÉRIAS.

— Ah, claro, as férias dos mortos de fome... Sabe para onde a minha mãe me levará no próximo verão? Para Ischia...

Naquele exato momento, o céu fechou e desabou uma tremenda chuva.

— Tommasi, da próxima vez que for contar uma mentira desse tamanho, arrume antes um guarda-chuva.

Fomos nos proteger debaixo da marquise de um prédio. A banca com os ratos pintados, porém, ficou debaixo d'água, porque não deu tempo de tirar de lá. Sem demora, a pintura com tinta para sapato começou a se desfazer, e os hamsters voltaram a ser camundongos. As senhoras em torno das gaiolas começaram a gritar: "Nojentos! A cólera!".

Mas já não dava nem para fugir, porque os maridos delas chegaram, querendo nos bater. Por sorte, apareceu o Cabeça de Ferro, que nos pegou pelos colarinhos e ordenou:

— Sumam logo daqui com essa sujeira! — E me encarando: — Eu e você acertaremos as contas depois.

Pensei que fosse levar uma surra, mas ele não tocou mais no assunto dos camundongos. Certo dia, quando chegou para trabalhar com a minha mãe, me chamou de lado antes de entrar, deu uma tragada no cigarro e, soltando a fumaça, comentou:

— A ideia era boa, mas vocês tinham de ter colocado a banca no coberto! — Ele soltou uma gargalhada, e anéis de fumaça foram se alargando no ar. — Se quiser entrar no comércio, deve vir comigo ao mercado, eu te ensino... — Pôs a mão no meu rosto, de um jeito que não dava para saber se era um tapa ou um carinho, e foi embora.

Eu cheguei mesmo a querer ir com ele, mas só para melhorar nos negócios. Alguns dias depois, porém, os guardas o levaram. Acho que por causa da história do café. E assim, todos no beco pararam de pensar nos hamsters pintados, porque só se falava sobre a prisão do Cabeça de Ferro. Quero ver mesmo se vai continuar a afirmar que é um homem livre!

A minha mãe, quando soube do que acontecera, tirou tudo de baixo da cama e, por vários dias, sempre que ouvia barulho na porta, levava um susto e olhava de um lado para o outro, como se estivesse procurando por onde escapar. No entanto, os dias foram passando, ninguém veio à nossa casa para procurar nada, e todo o mundo acabou se enchendo disso tudo também. As pessoas sempre falam demais, mas logo esquecem; menos a minha mãe, que fala pouco e nunca esquece nada.

E aí, certa manhã, quando eu já nem pensava mais no assunto, ela me acorda antes de o sol nascer, põe o seu melhor vestido, penteia-se diante do espelho, separa as minhas roupas menos usadas e diz:

— Vamos, senão chegaremos tarde.

E eu entendo.

Caminhamos, ela na frente, e eu atrás. Nesse meio-tempo, começa a chover. Brinco de pular nas poças d'água e minha mãe me dá um cascudo, mas meus pés já estão molhados e ainda falta muito para chegar. Olho ao redor para começar a brincadeira dos sapatos e ganhar alguns pontos, mas desisto. Tenho vontade de desaparecer.

Muitas mães com os seus filhos caminham conosco. Alguns pais também, mas dá para notar bem que eles não queriam vir. Um deles escreveu em uma folha algumas instruções sobre o filho – a que horas ele acorda, a que horas vai dormir, o que gosta de comer e o que não gosta, quantas vezes por semana faz cocô e que se deve colocar um plástico sob o lençol, porque às vezes ele faz xixi dormindo – e lê em voz alta, com o filho morrendo de vergonha na frente de todos. Por fim, o pai dobra o papel em quatro e o coloca num bolso da camisa do menino. Em seguida, pensando melhor, pega a folha de novo e escreve um agradecimento à família que hospedará o filho, dizendo que não é que precisem, graças a Deus, mas é que o filho insistiu tanto que não o quiseram contrariar.

As mulheres, ao contrário, seguem em frente sem constrangimento, puxando pela mão dois, três, quatro filhos. Sou filho único, já que o meu irmão mais velho, Luigi, não se encontra mais entre nós. E o meu pai, a quem também não conheci, obviamente não está aqui. Melhor assim! O meu pai não precisa passar a vergonha de me levar para o trem.

Chegamos diante de um prédio muito, muito alto. A minha mãe diz que é o Abrigo dos Pobres.

— Mas como? — pergunto. — Não iam me mandar para o norte para ter uma vida melhor? No Abrigo dos Pobres será pior ainda! No beco não era tão ruim quanto aqui.

A minha mãe explica que viemos para cá porque, antes de nos mandarem para o norte, vão nos examinar para ver se somos saudáveis ou se estamos doentes, se temos alguma infecção...

— E ainda — ela continua — devem dar a vocês as roupas de frio, casacões e sapatos, porque lá no norte não é como aqui. Está um gelo por lá, é inverno!

— Sapatos novinhos em folha?

— Novinhos em folha ou usados, mas perfeitos.

— Dois pontos! — E por um momento, eu me esqueço de que vou partir e começo a pular em torno dela.

Tem uma multidão na frente do prédio alto. Todas as mães com os filhos atrás, de todas as idades e tamanhos: muito pequenos, pequenos, médios, grandes. Eu estou entre os médios. Na entrada, tem uma moça, mas não é Maddalena. Nem a mulher do arroz. Ela diz que temos de nos manter em fila, que precisam ver se está tudo em ordem, para depois costurar o número para nos reconhecerem; do contrário, quando voltarmos, pode ser que devolvam o errado para a família errada, e aí a gente não vai se encontrar mais. Só tenho a minha mãe e não quero ser trocado por um outro, por isso me agarro à sua bolsa e digo que, afinal de contas, não preciso de sapatos novos e que, por mim, podemos voltar para casa. No entanto, ela não me escuta ou não quer me escutar. Sinto a tristeza me apertando o peito e penso que talvez tivesse sido melhor ter continuado fingindo ser retardado e gago para não precisar partir.

Viro o rosto porque não quero que ela me veja chorar, mas a minha vontade mesmo é de rir: duas filas atrás de mim, no meio da multidão, consigo ver Tommasino.

— Tommasi! — eu grito. — Está esperando o navio para Ischia?

Ele me olha, lívido e morto de medo. Até a mãe dele veio pedir ajuda também! A Bonachona me disse que a dona Armida antigamente era rica, mas muito rica mesmo. Ela vivia com a criadagem em um prédio no Rettifilo, o lugar mais chique de Nápoles, fazia os vestidos das senhoras mais importantes da cidade e conhecia muita gente. O marido, Gioacchino Saporito, quase comprou um automóvel. Segundo a Encrenqueira, porém, a dona Armida subiu na vida puxando o saco, com todo o respeito, dos fascistas. Depois, quando o fascismo caiu, voltou a ser vendedora ambulante de roupas, como no começo. O marido, que era um figurão, foi preso e interrogado. Todos esperavam que fosse condenado a anos na prisão, mas não aconteceu nada com ele. A Encrenqueira explicou que fora anistiado – que é como quando a minha mãe descobriu que eu tinha quebrado o prato para macarrão deixado pela sua finada mãe, Filomena, que Deus a tenha, e então me disse: "Saia da minha frente ou eu te mato de pancadas". Eu fugi para a casa da Encrenqueira e não apareci por dois dias. O marido fascista da dona Armida foi solto, voltou para casa e ninguém comentou mais nada. Hoje os dois são ambulantes e moram numa casa ao lado da minha, no beco.

Tommasino, quando a dona Armida era costureira no Rettifilo, tinha sapatos novinhos em folha (troféu como prêmio). Mas depois que a mãe voltou a ser ambulante e a morar no beco, ele nunca mais trocou de sapatos, e agora eles já estavam velhos e furados (menos um ponto).

A minha mãe, ao ver Tommasino na fila atrás de nós, aperta a minha mão para me fazer lembrar da promessa. Eu também aperto os dedos dela, mas me viro para o meu amigo e pisco um olho para ele. Na verdade, quando eu saía para catar coisas, vez ou outra Tommasino vinha comigo. A dona Armida não gostava disso, porque dizia que o filho deveria andar com quem fosse melhor que ele, não com quem era ainda pior. Quando a minha mãe ficou sabendo disso, me fez prometer que eu deixaria Tommasino para lá, porque era filho de dois caipiras que enriqueceram e ficaram pobres de novo, e, além de tudo, eram fascistas, conforme lhe disse a Encrenqueira. Acabei prometendo para a minha mãe, e Tommasino prometeu para a dona Armida. Por isso, nós nos víamos todas as tardes às escondidas.

Mais crianças continuam a chegar: algumas a pé, outras nos bondes oferecidos pela companhia de transportes, como nos conta uma senhora próxima de nós, ou nos jipes grandes da polícia, cobertos com faixas coloridas como carros alegóricos. Pergunto à minha mãe se também posso subir no jipe. Ela me diz para ficar grudado nela, que não pode me perder. E, se tiver de me perder, que seja depois de me costurarem o número. Há muita gente em volta. Uma moça nos faz ficar em fila, mas, como uma enguia na mão do peixeiro, a fila se mexe o tempo todo.

Uma menininha loira, que até ali atormentava a mãe porque queria subir no trem, mudou de ideia e chora que não quer mais ir. Um menino um pouco maior do que eu, de chapéu marrom, que veio só para acompanhar o irmão, diz que não é justo que ele tenha de ficar aqui enquanto o irmão vai embora para se divertir, e cai no choro também. Broncas e tapas começam a ser distribuídos a torto e a direito, o pranto continua, e as mães não sabem mais para qual santo rezar. No fim, chega uma das moças com as listas, apaga o nome da menininha loira, escreve o nome do menino com o chapéu marrom e deixa todo mundo contente. Menos a mãe da loirinha, que a leva embora dizendo: "Em casa a gente se acerta".

De repente, escuto uma voz conhecida: à frente de um grupo de mulheres que caminha em fila, aparece a Bonachona. Ela agita os braços e grita a plenos pulmões. Tem no peito, pregada com alfinetes, a fotografia do rei Humberto. Na primeira vez que vi a foto, na casa dela, eu lhe perguntei: "Esse moço bonito com bigodinho é quem? Seu noivo?". A Bonachona quis me bater, porque eu tinha ofendido a memória de seu falecido noivo, morto na Primeira Guerra, que Deus o tenha, a quem ela nunca foi infiel nem em pensamento. Então, fez o sinal da cruz três vezes, beijou a ponta dos dedos e jogou o beijo para o céu. A Bonachona disse que o jovem com o bigodinho era o último rei, que o seu reinado acabara antes de começar porque um pessoal de lá colocou na cabeça que era para fazer a República e, por isso, as cédulas eleitorais foram adulteradas para vencer. A Bonachona afirmou que ela era "mo-nar-quis-ta". E que os comunistas tinham virado tudo de ponta-cabeça e que não dava para entender mais nada. Na opinião dela, o meu pai também deveria ser um bandido de cabelo vermelho, por isso teve de fugir, que América que nada! Pensei que podia ser verdade, porque tenho o cabelo ruivo, mas o da minha mãe é escuro. Por isso, quem deveria ser ruivo era o meu pai. E daquele dia em diante, nunca mais me zanguei quando me chamavam de o menino "ruim" do cabelo vermelho.

A Bonachona, com o retrato no peito, lidera a procissão de mulheres sem crianças e grita para as mulheres com crianças:

— Não vendam os seus filhos! Estão enganando vocês! A verdade é que eles serão mandados para a Sibéria para trabalhar. Isso se antes não morrerem de frio!

As crianças menores começam a chorar, porque não querem partir, e as maiores teimam e querem ir. Parece a festa de San Gennaro, só que sem milagre. Quanto mais a Bonachona bate no peito, mais estapeia a fotografia do cara do bigodinho espetada no peito. Se a Encrenqueira estivesse aqui, já teria respondido à altura. Mas a Encrenqueira ainda não deu o ar da graça. A Bonachona continua:

— Não deixem partir, eles não voltarão mais! Vocês sabem que os fascistas colocaram dinamites nos trilhos das ferrovias para explodir os trens, não sabem? Abracem os seus filhos, como sob os bombardeios, quando, para proteger as crianças, só havia vocês e a Providência Divina.

Dos bombardeios eu só me recordo do barulho das sirenes e dos gritos das pessoas. A minha mãe me pegava no colo e punha-se a correr. Íamos para os abrigos, e ela me segurava bem apertado o tempo todo. Debaixo das bombas, eu era feliz.

A procissão de mulheres sem crianças ao passar pela multidão de mães, que, sabe-se lá como, continuava em fila, acaba estragando tudo de novo. Aí, outras moças saem do portão do prédio muito, muito alto para tentar manter a ordem, dizendo:

— Não desistam, não deixem os seus filhos perderem essa oportunidade. Pensem que o inverno está chegando. O frio, a conjuntivite, as casas úmidas...

Daí as jovens se aproximam de cada criança, entregam a elas uma barra embrulhada em papel-alumínio e prosseguem:

— Somos mães também. Os seus filhos passarão o inverno aquecidos, se alimentarão, serão cuidados. As famílias de Bolonha, de Módena e de Rimini já estão esperando para acolher seus filhos nas suas residências. Eles voltarão de lá mais bonitos, saudáveis e gordos. Comerão todos os dias. Café da manhã, almoço e jantar.

Uma senhora se aproxima de mim e me dá o embrulho de papel-alumínio. Dentro tem uma barra marrom-escura.

— Coma, meu filho, é chocolate! — ela diz.

E eu, só para me exibir:

— Sim, sim, já ouvi falar...

— Dona Antonietta, a senhora também quer vender o seu filho? — pergunta a Bonachona justamente naquele momento, com a mão apoiada no retrato do bigodinho, já todo amassado de tanto levar tapa. — Não esperava isso da senhora! É por que levaram o Cabeça de Ferro? Se tivesse me dito, eu te pagaria um café!

A minha mãe me olha com cara feia, querendo saber se fui eu quem dei com a língua nos dentes sobre a história do café.

— Dona Bonachona — responde a minha mãe —, eu, na minha vida, poucas vezes pedi algo a alguém, e quando pedi, sempre devolvi. Se sabia que não poderia devolver, não pedia de jeito nenhum. O meu marido foi para longe em busca da sorte, e quando voltar... A senhora sabe de toda a história. Não preciso lhe explicar nadinha.

— Sei, em busca da sorte... É incrível, dona Antonietta. Não há mais dig-ni-da-de!

Quando a Bonachona diz a palavra "dig-ni-da-de", eu fecho os olhos para não ver as suas gengivas marrons e o cuspe sair pelos buracos dos dentes que faltam. Mas volto a abrir, porque a minha mãe não responde, e isso é mau sinal; ficar calada quando alguém a provoca não é o seu forte. Então eu tiro o último pedaço de chocolate do alumínio, faço uma bola com o papel e guardo no bolso. Assim poderei brincar com ela como se fosse bala de canhão para um soldadinho que encontrei anteontem no Rettifilo. E respondo no lugar dela:

— Dona Bonachona, eu tenho pai, seja lá onde ele estiver. E a senhora? A senhora tem um filho?

A Bonachona leva a mão ao peito, para acariciar aquele pobre bigodinho todo amarrotado.

— Não tem, não é verdade? A única coisa que lhe restou foi a fotografia do rei Humberto.

As gengivas marrons da Bonachona tremem de raiva.

— Puxa, que pena! Se a senhora tivesse um filho, este último pedaço de chocolate aqui eu daria para ele.

E ponho tudo na boca.

5

— Senhoras, senhoras, me escutem! O meu nome é Maddalena Criscuolo, sou de Pallonetto, em Santa Lúcia, e combati nos Quatro Dias de Nápoles.

As mulheres se calam. Maddalena está de pé sobre o carrinho de um verdureiro e fala dentro de um funil de ferro que faz a sua voz ficar mais alta.

— Quando tivemos de enxotar os alemães, nós, mulheres, fizemos a nossa parte. Mães, filhas, esposas, jovens e velhas: descemos às ruas e combatemos. Vocês estavam lá, e nós também. Agora é uma outra batalha, só que contra inimigos mais perigosos: a fome e a pobreza. Se vocês combaterem, os seus filhos irão vencer!

As mulheres olham para os seus pequenos.

— Eles voltarão mais gordos e mais bonitos. Será um alívio para as dificuldades que a vida tem trazido até agora a vocês. Quando abraçarem seus filhos na volta, vocês também estarão mais bonitas e mais gordas. Serei eu quem os trará de volta, dou a minha palavra de honra, ou meu nome não é Maddalena Criscuolo.

As mulheres permanecem caladas, e as crianças também.

Maddalena desce do carrinho do verdureiro e caminha no meio das mães com as crianças penduradas nas roupas. Com a sua voz bonita, quase igual àquelas que escuto quando vou me sentar do lado de fora do conservatório de música para esperar Carolina sair com o violino na mão, ela começa a cantar dentro do funil de ferro:

— Embora sejamos mulheres, medo não temos, pelo amor aos nossos filhos, pelo amor aos nossos filhos. Embora sejamos mulheres, medo não temos, pelo amor aos nossos filhos, na Liga entraremos.

As moças seguem atrás de Maddalena. As mães se mantêm em silêncio. Depois, uma delas toma coragem e começa a cantar, e as outras a imitam. Então, a Bonachona e as mulheres da sua procissão respondem com o hino da monarquia:

— Viva o rei! Viva o rei! Viva o rei! Viva o rei! As trombetas alegres soam. Viva o rei! Viva o rei! Viva o rei! Com elas os cantos ecoam!

Mas como são poucas e desafinadas, a música das mães fica mais forte até que só dá para escutar as vozes delas e das suas crianças. É a primeira vez que ouço a minha mãe cantar. A Bonachona fica muda, com a boca fechada e as gengivas escondidas. Em seguida, coloca-se à frente do cortejo e vai embora. Ao passar perto de mim, diz:

— A fome é mais forte que o medo...

Mas a multidão a arrasta consigo e eu perco o resto da frase.

Maddalena, sempre com o funil de ferro na mão, diz que devemos nos despedir das nossas mães e entrar no prédio muito, muito alto, porque precisam nos lavar e nos examinar. Quem se comportar ganhará outro chocolate. Eu aperto a mão da minha mãe e, quando me viro para ela, vejo que os seus olhos estão de uma cor estranha, a mesma dos uniformes dos alemães que vinham procurar comida até dentro dos becos. Então, como eu vi o diretor da orquestra fazer uma vez quando eu e Carolina nos enfiamos no teatro onde ensaiavam para um concerto, abro bem os braços e grudo a minha cabeça na sua barriga o mais forte que posso. Ela se espanta, porque abraços não são o nosso forte. Mas depois coloca a mão no meu cabelo e fica mexendo bem devagar, para a frente e para trás. É leve e cheira a sabão em pedra dissolvido na água. Dura pouco.

Uma moça se aproxima e pergunta o meu nome. Eu respondo, e ela pendura na minha camisa com um alfinete um cartãozinho com o meu nome, sobrenome e número. Dá outro igual à minha mãe, que enfia no sutiã, onde guarda as coisas mais importantes: um pouco de dinheiro, a imagem de Santo Antônio inimigo do diabo, um lencinho bordado por sua mãe, Filomena, que Deus a tenha, e agora também o meu número. Desse modo, depois que eu partir, ela terá tudo num lugar só.

Depois de mães e crianças terem pegado cada qual o seu número, Maddalena ergue o funil de ferro e fala, girando a cabeça para lá e para cá, para que todos a escutem bem:

— Senhoras, senhoras, não saiam, esperem um momento. Coloquem os seus filhos bem na frente de vocês para tirarmos a fotografia.

As mães se maravilham com a novidade, recomeçam a se mexer e quebram a fila, que precisou da ajuda de Deus Nosso Senhor para se formar. Uma alisa a cabeleira, outra belisca a bochecha para parecer mais saudável, outra ainda morde o lábio para parecer que está de batom, como as mulheres nas fotografias nas vitrines do Rettifilo. A minha mãe lambe a mão e passa na minha cabeça, porque, desde que raspei o cabelo, eles têm crescido desiguais.

Maddalena se aproxima empunhando um cartaz.

— O que está escrito lá, Ameri? — A minha mãe quer saber.

Olho para as letras; algumas reconheço, outras não. Não sei colocá-las juntas, me confundo, gosto dos números.

— Por que fui te mandar para a escola? Para esquentar a carteira?

Por sorte, Maddalena encosta na boca o funil de ferro e lê o cartaz para nós. Nele está escrito que somos crianças do sul e que o norte nos espera para ajudar, e esta é a solidariedade. Eu queria perguntar o que era solidariedade, mas um moço com jaqueta e calça cinzentas um pouco puídas se aproxima e nos diz de novo para posarmos para a foto. A minha mãe coloca as mãos sobre os meus ombros. Viro-me para ela, que parece sorrir, mas na última hora muda de ideia e, quando o rapaz bate a chapa, faz a mesma cara de sempre.

Finalmente, entramos no prédio muito, muito alto. Todas as crianças, sem as mães, parecem menores, mesmo aquelas que lá fora pareciam adultos. As moças nos fazem esperar em fila em um corredor escuro. Então me aproximo de Tommasino para o encorajar, porque as pernas dele tremem mais do que quando os hamsters voltaram a se tornar camundongos na chuva. Perto de nós há uma menina. Chama-se Mariuccia, é muito magra e tem cabelo curto. Mariuccia é filha do sapateiro que fica em Pizzofalcone. Eu a conheço porque uma vez a minha mãe me levou até lá para pedir ao sapateiro que ficasse comigo na sapataria para aprender o ofício, já que sou obcecado por sapatos. O sapateiro nem olhou para nós — apontou com o dedo para trás do balcão, onde estavam outras quatro crianças de idades diferentes com sapatos, pregos e cola nas mãos. Eram os filhos que a sua finada mulher, que Deus a tenha, teve a coragem de colocar sobre os ombros dele antes de ir para o outro mundo. Mariuccia era a única menina da família e, quando ficasse um pouco maior, iria tomar conta da casa e dos irmãos. Mas, até que crescesse, ele tinha todos os quatro como aprendizes de sapateiro. Logo, a resposta era "*não*".

A Encrenqueira me contou depois que, quando Maddalena foi falar com ele a respeito do trem, o sapateiro resolveu mandar Mariuccia, porque os filhos homens podiam ajudar no trabalho, mas a filha, que não sabia nem requentar macarrão, nesse momento não seria de nenhuma utilidade.

Quando nós nos colocamos em fila, Mariuccia empalidece, entra em desespero e começa a chorar.

— Não quero! Não quero! Vão cortar as minhas mãos e me colocar no forno!

Mas outras crianças querem ir de qualquer jeito.

— Tenho conjuntivite, tenho conjuntivite! — Elas gritam, como se, em vez de doença, aquilo fosse uma enorme virtude.

E aquelas que de fato têm conjuntivite se unem ao coro:

— Conjuntivite, nós temos conjuntivite! — Elas acham que sem conjuntivite não as deixarão subir no trem.

Eu, Tommasino e Mariuccia nos sentamos um ao lado do outro. Ela de vez em quando fareja o ar. Porém não há cheiro de queimado e de carne assada, e a gente não sente e nem vê fumaça. Isso quer dizer que não irão nos colocar no forno, pelo menos por enquanto. Tem só um vaivém de moças que falam com um jovem alto que segura um caderno de registros onde ele faz algumas anotações a lápis. Maddalena o chama de companheiro Maurizio. Ele também a trata por companheira, como se fossem dois colegas de escola. Maurizio caminha para a frente e para trás, escuta todos e a todos dá uma resposta. Quando chega perto de nós, para, olha para gente e pergunta:

— E vocês, como se chamam?

Não respondemos, porque temos vergonha.

— Ué, estou falando com vocês. O que houve? Cortaram as suas línguas?

— Bem... ainda não — diz Tommasino apavorado.

— Mas por que vocês precisam cortar nossas línguas? — pergunta Mariuccia. — A Bonachona tinha razão, então!

O companheiro Maurizio dá uma boa gargalhada e faz um carinho na cabeça de cada um de nós.

— Vamos lá, quero ver a língua de vocês. Botem para fora!

Nós três trocamos olhares, mas depois mostramos as línguas para ele.

— Se dependesse de mim, eu iria pedir para encurtar um pouco, porque vocês têm a língua muito comprida para o meu gosto...

Mariuccia recolhe rápido a língua e cobre a boca com as mãos.

— Porém, o regulamento não nos permite... — O companheiro Maurizio folheia o seu caderno. — Veem o que está escrito aqui? Sabem ler? Não? Que pena, do contrário poderiam se inteirar disto aqui sozinhos. Comitê para Salvamento das Crianças, Artigo 103: é proibido cortar a língua das crianças... — Ele cai na risada, vira a folha e nos mostra que está em branco.

— O companheiro Maurizio gosta de brincar conosco! — fala Tommasino quando toma coragem.

— Acertou, é assim mesmo! — O companheiro Maurizio dá de ombros. — E gosto também de uma outra coisa. Fiquem paradinhos, sem se mexer...

Ele começa a desenhar com um lápis na folha em branco. Olha para nós e continua, daí para, observa um pouco mais a gente e continua a desenhar. Por fim, arranca a folha do caderno e mostra para nós. Ficamos boquiabertos, maravilhados: lá estão os nossos rostos, exatamente iguais. Maurizio dá a folha a Tommasino, que a guarda no bolso.

Do fundo do corredor chegam duas moças com aventais e luvas que nos pedem para tirarmos as roupas. Isso nos dá vontade de chorar. Tommasino, por causa do medo de que roubem os seus sapatos furados; Mariuccia, porque tem vergonha de ficar pelada na frente de todos; e eu, por não conseguir lembrar se estou usando ou não uma meia boa e a outra remendada. Assim, me aproximo de uma das moças e digo que não posso me despir porque estou com frio, e os meus amigos também.

Por sorte, chega Maddalena, que diz:

— Vamos fazer uma bela brincadeira, está bem? Mas para participar é preciso tirar a roupa. Nós daremos outras para vocês, mais bonitas e mais quentes.

— Sapatos também? — pergunto.

— Sapato novo para todo mundo! — Ela prende o cabelo atrás da orelha.

Os três acabamos por nos despir. Em seguida, Maddalena nos leva a uma sala com tubos que espirram água do teto. É um tipo de chuva, só que quente. Vou para baixo do tubo, e a água cai toda sobre mim. Mantenho os olhos fechados, temendo me afogar, enquanto Maddalena se aproxima com uma bucha e me enche de espuma branca e perfumada. Lava o meu cabelo, os braços, pernas, pés. Faz o sabão deslizar sobre o meu corpo todo como uma carícia. A minha mãe nunca me acaricia. Quando abro os olhos, Tommasino, ao meu lado, me joga água. Mariuccia bate os pés no chão em uma poça acinzentada.

Maddalena ensaboa, enxágua e enxuga os dois também e, por fim, enrola cada um de nós em um lençol branco e áspero, mandando a gente sentar em uns bancos de madeira junto com as outras crianças já limpas. Então uma moça comunista com um cesto cheio de pãezinhos redondos se aproxima e dá um pão para cada um de nós. Diz que quem nos manda o pão é o médico que precisa nos examinar. Nunca fui ao médico, nem quero ir. Enquanto penso nisso, como o pãozinho, fecho os olhos e sinto o cheiro do sabão penetrar bem forte no meu nariz.

6

A plataforma da estação na praça Garibaldi está coberta de escombros; muitos trens foram destruídos pelos bombardeios. Como os soldados que vi uma vez no desfile, com bandeiras na mão: todos eles sem um membro, alguns sem um braço, outros sem um pé e outros sem um olho. Os trens quebrados parecem sobreviventes de guerra; estão feridos, mas não mortos.

Os trens que permaneceram inteiros são muito compridos. Dá para ver o começo, mas não o fim. Maddalena disse que as nossas mães virão se despedir antes de partirmos, mas penso que não nos reconhecerão quando nos virem. Ainda bem que temos os números grudados no casacão, sobre o peito; do contrário, pensariam que somos do norte e, quando o trem partisse, não nos diriam nem "que a Virgem Maria te acompanhe".

Todos os meninos tiveram o cabelo cortado e foram vestidos com calça curta e meias compridas grossas, camiseta, camisa e casacão. O meu cabelo ficou como antes, porque a minha cabeça estava raspada. Nas meninas foram feitas tranças com lacinhos vermelhos e verdes, e as suas roupas passaram a ser vestidinhos ou saias e, por cima, também casacão. E depois os sapatos. Todos ganhamos um par de sapatos. Quando chegou a minha vez, o meu número tinha acabado. Então, eles me deram um par de sapatos marrons novos em folha, brilhantes, de amarrar, mas um número menor.

— Como estão? Confortáveis?

Experimentei caminhar um pouco para a frente e para trás, e eles me apertavam.

— Servem, servem sim! — respondi, por medo de que me pedissem para devolver. Então fiquei com eles assim mesmo.

Na fila, na plataforma de embarque, eles avisam: "Não se sujem, não gritem, não abram as janelas do trem, não corram um atrás do outro, não se escondam, não roubem as coisas do trem, não troquem calças ou sapatos entre si, não desfaçam as suas tranças". Depois, como já estávamos com fome de novo, além de pão nos deram duas fatias de queijo. Mas nada de chocolate.

Como ainda não tínhamos visto o trem, todos nós estávamos curiosos. Eu, só para me exibir, disse que o meu pai também pegou o trem quando foi para a América. E se ele tivesse me esperado nascer, poderíamos ter ido juntos para lá. Mariuccia respondeu que não se vai para a América de trem, mas de navio. Eu respondi: "Você não sabe nada da América, o seu pai nunca foi para lá!". E ela falou: "Que bobo, todos sabem que a América fica depois do mar". Mariuccia é mais velha que eu e diz que na escola era boa aluna, antes que a mãe tivesse tido o mau gosto de morrer e deixar os filhos com o pai sapateiro. Se a Encrenqueira estivesse aqui, eu lhe perguntaria se a América fica mesmo do outro lado do mar. Mas ela não está e nem a minha mãe, que não sabe muitas coisas porque saber das coisas não é o seu forte. Quem está conosco é o comunista loiro que brigava com os seus companheiros dentro do prédio da rua Medina. Ele ajuda Maddalena a contar quantos somos, e tenho a impressão de que, por estar com ela, não está mais tão triste. Pode ser que, afinal, Maddalena tenha resolvido a questão meridional que o desagradava tanto.

De longe, a locomotiva é exatamente igual àquela que vi na loja de brinquedos no Rettifilo. À medida que se aproxima, ela vai ficando maior até se tornar enorme. Tommasino se esconde de medo atrás de mim. Não percebe que estou com medo também. As moças verificam os números nos casacões e leem os nossos nomes numa lista.

— Amerigo Speranza — diz uma delas quando chega a minha vez.

Subo três degraus de ferro e me vejo no trem. É úmido e cheira a mofo, como a casa da Bonachona. De fora parecia tão grande, mas dentro é desconfortável e estreito. Como se fosse feito de um monte de cubículos, um do lado do outro, que se abrem e se fecham com maçanetas de ferro. Agora que estou aqui dentro percebo que tudo foi tão rápido que, mesmo se quisesse, não posso mais voltar atrás. Penso na minha mãe, que já deve ter voltado para a nossa casa, e sinto uma tristeza enorme. Mariuccia e Tommasino sobem depois de mim. Pela cara dos dois, dá para ver que estão pensando: "Como puderam fazer isso com a gente?".

As moças continuam a chamar, e pouco a pouco o trem fica lotado. Ficamos de pé, sentados, corremos para lá e para cá, uns estão com fome, outros com sede. Num certo momento, o companheiro Maurizio, aquele que queria cortar as nossas línguas e acabou fazendo o nosso retrato, entra no nosso vagão e ordena:

— Quietos, quietos! Fiquem sentados, a viagem é longa.

Mas nós continuávamos a fazer o que tínhamos vontade. Mesmo porque o companheiro Maurizio não ri de nada. Acho que também se encheu e que vão nos tirar tudo – o trem, os sapatos, os casacões. Não fizemos por merecer tudo isso. Não merecemos coisa alguma, a Bonachona tem razão.

Sento-me no banco de madeira do trem, encosto a cabeça na divisória de vidro manchada do vagão e meus olhos pinicam, por causa do cheiro de mofo, por causa do banco de madeira, por causa do vidro sujo e da saudade da minha mãe.

Então Mariuccia e Tommasino me chamam:

— Amerigo, Ameri! Corre, venha ver!

Levanto-me e me debruço na janela. Abro espaço entre as cabeças das outras crianças, que põem os braços para fora da vidraça para tocar nas mãos das suas mães. Tommasino muda de posição de modo que consigo ver a minha mãe. Ela parece menor no meio das outras. Está um pouco mais afastada, apesar de o trem ainda estar parado. Perto dela a Encrenqueira, que veio se despedir de mim em vez de comparecer à missa de um mês da morte de uma parente sua.

Pela janela, a minha mãe me passa uma maçã. Pequena, vermelha, redonda. Uma maçã *annurca*. Eu a coloco no bolso da calça. Acho que nem vou comer a fruta, de tão bonita que é. Parece um coração vermelho, como aquele que vi na capela do príncipe de Sangro, onde uma vez entrei escondido junto com Tommasino. A Encrenqueira tinha me dito que lá havia corpos com os ossos, o sangue, o coração e todo o resto. Tommasino não queria ir, temia que os mortos nos pegassem. A Bonachona, porém, diz que devemos ter medo dos vivos e não dos mortos. Acendemos uma vela e, assim que entramos na capela escura, nos vimos diante de estátuas que pareciam feitas de carne e não de pedra. Lá havia um Jesus Cristo de mármore adormecido sob um lençol, que poderia acordar a qualquer momento de tão leve que era o lençol de pedra. Eu andava no meio das estátuas com o coração na boca quando finalmente vi: dois esqueletos de pé, como que recém-saídos da carne. Cabeça brilhante e sem cabelo, sorriso sem dentes, ossos embrulhados dentro de um emaranhado de veias vermelhas e pretas. E no centro, o coração redondo e vermelho como uma maçã *annurca*. A vela caiu das minhas mãos, e ficamos no escuro. Caminhávamos em círculo e nada, gritávamos por ajuda, mas ninguém respondia. No fim, nem sei como, Tommasino achou a saída. Ele tinha razão: vivos dão mais medo, mas os mortos não brincam. Já era noite, mas o escuro lá fora era nada para mim em comparação com o escuro da capela. De vez em quando sonho com eles, com os esqueletos do príncipe de Sangro.

Observo a minha mãe pela janela. Ela se cobre com o xale, em silêncio. O silêncio é o seu forte. O trem grita alto, mais alto do que a professora de queixo para a frente quando descobriu a barata morta que tínhamos colocado debaixo da cartilha. As mães lá fora começaram a mexer os braços para a frente e para trás e achei que estavam se despedindo de nós. Mas não.

Todas as crianças no trem tiram os casacões e os jogam pela janela para entregá-los às mães, até Mariuccia e Tommasino. Eu falo:

— Meu Deus, o que estão fazendo?! No norte, na alta Itália, vocês vão morrer de frio!

E Tommasino responde:

— O trato era este: as crianças que partem deixam os casa-cões para os irmãos que ficam, porque na alta Itália o inverno é frio, mas aqui não vai fazer calor.

— E nós? — pergunto.

— Os comunistas vão nos dar outro, são ricos, podem pagar. — Mariuccia deixa o casacão com o pai sapateiro, que logo o dá ao menor dos irmãos órfãos.

Não sei o que fazer. Para o meu irmão mais velho, Luigi, teria sido útil antes; agora não mais. Então me ocorre que a minha mãe poderia reformar o casaco e fazer um mais pesado para ela. Daí tiro o casaco e jogo para ela. Mas a maçã fica comigo. A minha mãe agarra o casacão no ar e olha para mim. Acho que sorri.

Das cabinas ao lado chegam os gritos das moças. Fico debru-çado na janela para entender o que está acontecendo. O chefe da estação caminha de lá para cá, sem saber o que fazer: deve impedir a partida para pegar os casacões ou manda todos desce-rem por causa do imbróglio... O companheiro Maurizio vai falar com ele e, por fim, decidem acrescentar um vagão aquecedor para aumentar a temperatura no trem.

Assim, entre os gritos das comunistas, o corre-corre de mães com casacões embaixo do braço e as nossas risadas dentro do trem, o chefe da estação ergue a placa de sinalização, e a locomotiva final-mente se move. No começo bem, bem devagar; depois, um pouco mais rápido. A minha mãe fica em um canto na estação que se torna sempre mais distante, com os braços cruzados sobre o meu casacão. Como se estivesse me abraçando sob os bombardeios.

7

— E agora que jogamos os casacões, como vão nos reconhecer? — pergunta Mariuccia, preocupada.

— Pelo rosto, ora bolas — afirma Tommasino.

— Sim, mas como é que os comunistas sabem quem sou eu e quem é você? Nós, para eles, somos todos iguais, como os negros americanos são para nós. Somos mortos de fome, que diferença tem?

— Na minha opinião, fizeram de propósito — comenta um menino de cabelo amarelo com três dentes faltando na boca. — Foram eles que falaram para as nossas mães pegarem os casacões; assim, quando chegarmos à Rússia, não poderão mais nos encontrar.

— E morreremos de frio também — fala outro, baixo e negro.

Mariuccia me olha como quem vai chorar, querendo saber se é verdade.

— Mas você sabia que na Rússia eles comem crianças no café da manhã? — o loiro sem dentes diz para Mariuccia, que já começou a tremer.

— Então vão te devolver — eu digo —, porque você tem mais osso do que carne... E quem te falou que iremos para a Rússia? Ouvi dizer norte da Itália.

Mariuccia parece mais tranquila, porém, o de cabelo de palha continua:

— Só disseram que era para a alta Itália para convencer as mães. Na verdade, vão nos levar para a Sibéria e nos colocar naquelas casas feitas de gelo, com mesa de gelo, sofá de gelo...

As lágrimas de Mariuccia caem sobre a roupa nova.

— Ah é? — retruco — Isso quer dizer que vamos fazer uma deliciosa raspadinha. De que sabor, Mariú, limão ou café?

Entra na cabine o companheiro Maurizio acompanhado de outro rapaz magro e alto, usando óculos. A criançada começa a zombar dele: espelhado, quatro-olhos, pente sem dente...

— Silêncio, crianças! — o companheiro Maurizio nos repreende. — Fiquem sabendo que se estão aqui, neste trem, é a este senhor que devem agradecer.

— Esse aí? Quem é ele? — quer saber o baixo e negro.

— Sou Gaetano Macchiaroli e trabalho com livros — afirma o Pente sem Dente com uma bela voz e no mais puro italiano.

Nós nos calamos. Parece até que nos cortaram a língua.

— Eu organizei, junto com os outros companheiros, esta bela iniciativa justamente para vocês...

— E por quê, o que você ganha com isso? — interrompe o menino tampinha, o único que não se deixa intimidar. — Você não é nosso pai, nem nossa mãe!

— Quando necessário, somos pais e mães de quem precisa. Por isso estamos levando vocês para casa de pessoas que os tratarão como filhos mesmo, para o bem de vocês.

— Quer dizer que vão raspar a nossa cabeça? — sussurro.

O Espelhado não escuta e balança as mãos no ar para se despedir.

— Boa viagem, crianças, comportem-se e divirtam-se.

Após a saída do magro e alto, ninguém abre a boca.

O companheiro Maurizio senta no meio de nós e abre o caderno de registro que tem nas mãos.

— Já que quiseram "presentear" seus pais com os casacões onde estavam seus nomes e sobrenomes... — Ele olha no olho de cada um de nós. — ... precisaremos começar a identificação do começo. Aqui estão as listas com os nomes de todas as crianças, vagão por vagão.

Ele vai nos perguntando nome, sobrenome, nome do pai e da mãe, e nós fornecemos as informações. Uma etiqueta com o nosso número é colocada nas nossas mangas. Quando chega a vez do loiro sem dentes, porém, mesmo depois de três tentativas do companheiro Maurizio, nada de o menino falar. Ele se finge de surdo-mudo. Maurizio tenta chamá-lo de tudo quanto é nome para ver se ele olha: Pasquale, Giuseppe, Antonio, mas nada. Então Maurizio desiste e vai para a cabine ao lado.

— Por que você se fingiu de surdo-mudo? — indaga Tommasino. — Fez o pobre coitado perder a paciência.

O loiro dá um sorriso maldoso.

— Eu diria o meu nome só se fosse imbecil! — E dá uma banana.

— Mas como vão fazer para saber quem é você? — Mariuccia balança a cabeça. — Não tem medo de que não o devolvam para a sua mãe?

— Para a minha mãe? Foi ela mesma quem me ensinou que nós, que fazemos parte do contrabando, não devemos fornecer a ninguém o nosso nome, o nome dos nossos parentes e o nosso endereço, nem debaixo de bomba. Muitíssimo menos para um guarda! — O loiro faz cara de superior.

Ficamos todos quietos; ele também, porque deve ter se dado conta de que, por ter dado uma de esperto, talvez não vão saber para quem devem devolver quando voltar.

Logo em seguida, entra uma moça que eu nunca tinha visto antes, senta-se com a lista nas mãos e recomeça. Na minha vez, pergunta como me chamo.

— Amerigo Speranza.

— Quantos anos?

— Sete completos.

— Nome da mãe e do pai?

— Antonietta Speranza.

— E seu pai, como se chama, qual a profissão dele?

— Não sei — respondo envergonhado.

— Não sabe a profissão do seu pai?

— Não sei se tenho um pai ou não. Uns dizem que sim, outros que não. Minha mãe diz que ele foi embora; a Bonachona, que ele fugiu...

— Vamos escrever então desaparecido?

— Podemos deixar em branco? Assim, quando ele voltar, preenchemos...

A moça não responde, levanta a caneta, passa para a linha de baixo e chama:

— Próximo.

8

A viagem é longa. Não escuto mais os gritos, os choros e as risadas do começo. Tudo o que ouço é o barulho da batida cadenciada do trem, e sinto aquele cheiro de úmido e de velho, como na capela dos esqueletos vivos. Olho para fora da janela, pensando no meu lugar na cama da minha mãe, nos pacotes de café do Cabeça de Ferro escondidos sob o colchão. Penso nas ruas por onde andava o dia inteiro para catar trapos e coisas, embaixo de sol ou de chuva. E na Bonachona, que a esta hora já deve estar deitada com a fotografia do rei de bigodinho em cima do criado-mudo. Penso na Encrenqueira e sinto o cheiro de sua fritada de cebola. E nos becos onde eu morava, mais estreitos e mais curtos do que deste trem. Penso no meu pai, que foi para a América; e no meu irmão mais velho, Luigi, que morreu de asma e me fez partir sozinho sabe Deus para onde.

Às vezes, minha cabeça cai sobre o ombro, os olhos se fecham e os pensamentos se confundem. Ao meu redor, todos dormem. Torno a olhar para fora. Vejo a lua que corre sobre os campos, como se brincasse de pega-pega com o trem. Fico de cócoras no banco do trem, aperto as pernas com as mãos. Muitas lágrimas quentes descem pelas minhas bochechas e entram na boca. São salgadas e estragam a lembrança do sabor do chocolate.

Tommasino dorme profundamente na minha frente – justo ele, que tem medo da própria sombra! Mas eu, que desci dentro dos esgotos para capturar os camundongos, quero que o trem pare agora mesmo e que nos façam voltar. Tudo o que desejo é a voz da minha mãe dizendo: "Ameri, vem, volta para casa!".

Na hora em que estou pegando no sono, ouço um barulho que me faz arrepiar, como o da unha raspando no fundo da panela. O trem para de repente, e todos caímos para a frente, um em cima do outro. Eu caio com a cara no chão. Mariuccia, que estava dormindo, começa a chorar, porque acha que seu vestido novo rasgou.

— Mas quem deu a licença de condução de maquinista para esse aí?! — resmunga o loiro.

— O que houve? Chegamos? — Tommasino quer saber, tonto de sono.

— Não é possível — responde o baixo e negro —, a minha mãe me avisou que a viagem dura a noite toda e amanhã também.

As luzes se apagam e ficamos no breu. Ouvimos um berro ao longe, talvez estejam batendo em alguém. Em seguida, um silêncio enorme até escutarmos uma voz, talvez do loiro ou quem sabe de outro que, aproveitando-se do escuro, fala só pelo gosto de nos fazer morrer de medo:

— Este deve ser o momento em que vão nos botar para fora do trem e nos deixar aqui no meio da escuridão.

— A locomotiva deve ter quebrado — falo para dar coragem à Mariuccia e a mim também.

A verdade, no entanto, é que acho que os fascistas colocaram o explosivo nos trilhos para nos mandar pelos ares, como disse a Bonachona. Mariuccia não se acalma; aliás, recomeça a chorar.

— Ou morreremos de frio ou de fome — afirma alguém.

Tapo as orelhas com as mãos, fecho os olhos e espero a explosão, mas nada. Pode ser que Maddalena tenha cuidado de desativar o explosivo; ela ganhou uma medalha de bronze justamente por isso, por ter salvado a ponte da Sanità. No escuro, parece que sinto os dedos frios e pontudos dos esqueletos do príncipe de Sangro atrás do meu pescoço. Então abro os olhos e liberto as orelhas. A porta da cabine se escancara, ninguém fala, ninguém respira, e permanecemos todos imóveis.

— Quem puxou a alavanca do alarme?

E, naquele momento, a luz volta. Maddalena está muito séria e, por causa do nervosismo, sua testa fica dividida em duas partes.

— Trem não é para brincar. — Ela olha para o loiro.

Ele entende e faz cara de quem se ofendeu. Eu acho que o loiro se arrepende de não ter dito seu nome, porque, de agora em diante, vão implicar com ele por qualquer coisa. E bem feito!

— Nós não puxamos! — E desse modo Tommasino tira do apuro o contrabandista sem dentes.

— Todos estávamos dormindo — diz Mariuccia, que parou de chorar, pois seu vestido não rasgou.

— O que passou, passou. — Maddalena respira fundo. — Vocês têm de ficar com as mãos paradas e não tocar em nada. Senão amanhã passarão o dia na delegacia de polícia.

— Mas qual é a alavanca do alarme que fez o trem parar, aquela vermelha? — O loiro faz cara de esperto.

— Você acha que sou tão tonta a ponto de dizer? — Maddalena franze as sobrancelhas.

Ele entende e se cala.

— De qualquer modo, a partir de agora fico aqui para vigiar, assim evitaremos outras paradas fora do programa. — Maddalena se senta num canto e logo volta a sorrir. Ela nunca fica com raiva por muito tempo. Talvez por isso que deram a medalha a ela.

9

Todos dormem, menos eu. Não gosto do silêncio. No beco onde moro é sempre meio-dia, até de noite: a vida não para nunca, nem quando há guerra.

Olho pela janela e vejo apenas ruínas. Tanques de guerra virados de cabeça para baixo, aviões destruídos, prédios arruinados pela metade. Entulhos, destroços, coisas quebradas em todo lugar. Aparece de novo aquela grande tristeza. Como daquela vez quando a minha mãe cantou para mim aquela canção de ninar que dizia: "Nana, neném, nana, neném, este menino eu dou para quem?". Essa cantiga me tirou o sono, porque, primeiro, o menino era dado ao bicho-papão preto que ficava com ele um ano inteiro; depois o bicho-papão não queria mais o menino, dava para outro, que, por sua vez, entregava a um outro; e aí, ninguém mais sabia onde o garoto tinha ido parar.

Às vezes o trem para, sobem outras crianças e, por um tempo, recomeçam os gritos, os choros e as risadas. Depois vem o silêncio, e ficam só o barulho da locomotiva e a tristeza no peito. Quando eu me sentia triste, costumava ir para a casa da Encrenqueira. Antes de partir, coloquei os meus tesouros na caixa velha de costura que minha mãe tinha me dado, e escondemos debaixo de uma lajota na casa da Encrenqueira. A Bonachona diz que ela guarda lá o seu dinheiro. Mas isso é inveja, acho.

Tommasino adormece de novo. Só que agora se mexe em seu sono, a cada cinco minutos abre os olhos, dá pontapés, fala umas palavras que não entendo e depois volta a fechar os olhos. Está sonhando. O carrinho de frutas do Cabeça Branca, os fornos dos

CRIANÇAS DA GUERRA

comunistas, as pancadas da mãe quando ele voltou para casa depois da história dos camundongos e sabe-se lá o que mais. De qualquer modo, sorte dele que dorme. Melhor ter sonho ruim do que pesadelo acordado. A Encrenqueira diz que, quando o sono não vem, não é preciso procurá-lo. Então me levanto e saio. Vou pelo corredor para a frente e para trás e dou uma espiada nas outras cabines. Vejo os rostos das crianças, um em cima do outro. Dormem tranquilas como se estivessem em suas casas. Penso na minha mãe. À noite, na cama, eu colocava os meus pés gelados sobre a coxa dela. Logo vinha a reclamação: "Acha que sou um fogareiro? Sai para lá com esses pedaços de bacalhau!". Mesmo assim, pegava os meus pés e aquecia com a mãos, dedo a dedo. Então eu dormia, com os dedos dos meus pés no meio dos dedos das mãos dela.

Viro-me para voltar para o meu lugar, mas mudo de ideia. No corredor há uma cadeirinha; sento-me nela e grudo o rosto na janela. Lá fora está escuro, não se vê coisa alguma. Nem imagino onde estamos, a que distância de casa e quanto ainda falta para chegar sabe lá onde. O vidro é frio e úmido, e meu rosto fica molhado. Melhor, porque se vier vontade de chorar ninguém vai perceber. Mas Maddalena percebe, aproxima-se e me faz um carinho. Pode ser que o sono não tenha ido para as bandas dela também.

— Por que está chorando? Sente saudade da mamãe?

Disfarço as lágrimas e deixo que ela continue a me acariciar.

— Não, não, nunca choro por causa da minha mãe — respondo. — São os sapatos. Estão apertados.

— E por que não tira os sapatos, agora que é noite, para ficar mais confortável? A viagem é muito longa.

— Moça, obrigado, mas não quero que alguém roube meus sapatos e eu fique descalço de novo, ou tenha de ir com o sapato dos outros. E eu, com o sapato dos outros, não quero mais andar.

10

Do escuro vem uma luz que queima os olhos. O trem saiu do túnel, e a lua grande ilumina tudo de branco — os trilhos, as árvores, as montanhas, as casas. Do alto caem flocos de miolo de pão, uns maiores, outros menores.

— A neve! — digo para mim mesmo. — A neve! A neve! — repito cada vez mais alto.

Mas ninguém acorda na minha cabine. Nem o menino do cabelo amarelo, que disse que iam nos levar para o lugar das casas de gelo. Agora é que quero ver, ele e a Rússia! Encosto de novo a cabeça na janela e sigo os flocos de miolo de pão que descem bem devagar. E, assim, os olhos finalmente se fecham.

— RICOTA... RICOTA.

Mariuccia vem me acordar gritando.

— Amerigo! Ameri, acorda, está tudo coberto de ricota. Nos trilhos, nas árvores, em cima das montanhas! Chove ricota!

A noite terminou e, pela janela, entra um pouco de sol.

— Mariú, que ricota que nada! É a neve!

— Neve?

— É água congelada...

— Como aquela do carrinho do dom Mimi?

— Desse tipo, só que sem calda de cereja.

Os meus olhos se fecham de tanto sono. Faz frio agora dentro do trem. Toda a molecada está olhando o branco lá fora, sem dar um pio e de boca aberta.

— Vocês não tinham visto neve antes? — pergunta Maddalena.

Mariuccia faz que não com a cabeça, toda envergonhada por ter confundido neve com ricota. Por um tempo nos mantemos calados; parece que a neve fez o silêncio cair sobre nós também.

E então o loiro sem dentes fala:

— Moça, quando chegarmos vão nos dar alguma coisa para comer? Estou morrendo de fome, pior do que na minha casa...

Maddalena sorri. É o seu jeito de responder às perguntas. Primeiro sorri e depois responde:

— Os companheiros do norte da Itália estão nos esperando para uma grande festa, com faixas, banda de música e muita comida.

— Mas então estão felizes por estarmos indo para lá? — Arregalo os olhos.

— Eles não foram obrigados? — Mariuccia se espanta.

Maddalena diz que não, que estão contentes de verdade.

— Estão felizes sabendo que vamos comer as coisas deles? — O loiro não consegue entender. — E por quê?

— Por so-li-da-rie-da-de — afirma Maddalena.

— É como a dig-ni-da-de? — Faço a mesma cara da Bonachona, mas sem cuspir pelos dentes.

Maddalena explica que a solidariedade é como a dignidade para com os outros.

— Se eu hoje tenho dois salames, dou um para você, de modo que, se amanhã você tiver dois queijos frescos, dará um para mim.

O que é uma coisa boa, creio eu. Porém, penso que, se o pessoal do norte da Itália tem hoje dois salames e me dá um, como farei para dar um queijo fresco amanhã se até ontem eu não tinha nem sapatos?

— Eu, uma vez, experimentei salame. — Tommasino lambe os beiços só de lembrar. — Quem me deu de presente foi o homem da salsicharia da rua Foria...

— Sei... De repente ele te olhou e teve uma vontade enorme de te dar um salame de presente, assim, do nada? — Mariuccia cutuca Tommasino com o cotovelo e faz o gesto de afanar com as mãos.

Tommasino dá risada, e eu troco de assunto porque sei como ele é. Felizmente, Maddalena não escuta, porque as crianças começam a gritar de novo. Abro um espaço para mim na janela e vejo o mar, atrás da praia coberta de neve. No começo nem reconheci de tanto que é diferente: liso, parado e cinza como o pelo de um gato.

— Nem o mar vocês tinham visto?! — Maddalena chacoalha a cabeça. — Temos de mudar isso, vocês precisam conhecer!

— Minha mãe diz que o mar não serve para nada, a não ser para pegarmos cólera e fraqueza nos brônquios.

— É verdade, moça? — pergunta Mariuccia, sempre desconfiada.

— O mar serve para tomarmos banho — responde Maddalena —, para nadarmos, mergulharmos, nos divertirmos...

— Mas os comunistas da alta Itália vão nos deixar mergulhar? — Mariuccia arqueia uma sobrancelha.

— Sim, senhora! — Maddalena sorri. — Mas agora não, porque está frio. Na estação certa, sim.

— Eu não sei nadar — confessa Tommasino.

— Como?! — zombo dele. — Você não disse que ia passar as férias em Ischia?!

Ele cruza os braços e se vira para o outro lado.

— Se vão nos levar à praia é porque querem nos afogar — o loiro garante, mas acho que nem ele acredita nisso, fala só para fazer Mariuccia chorar.

— São as más línguas que espalham isso — Maddalena retruca —, vocês não devem dar ouvidos.

— Desculpa, mas você tem filhos? — insiste o loiro.

Maddalena, pela primeira vez desde que a conheço, faz cara de triste.

— Mas como assim filhos? — eu a defendo. — Ela ainda é uma senhorita!

— Se tivesse — continua o loiro —, você deixaria eles subirem no trem ou não?

— Você não entendeu nada, mesmo! — respondo. — Pegam o trem só as crianças que precisam, e não as que não precisam, ou não seria solidariedade.

Maddalena faz que sim com a cabeça, mas não fala nada.

— Diga a verdade... — A expressão de Mariuccia é de pura malícia. — Aquele jovem loiro lá na estação que te ajudava a contar as crianças... é seu namorado?

— Que namorado que nada! — Coloco-me de novo no meio para tirar Maddalena do apuro. — Ele também é comunista, eu vi o moço quando fui lá em cima na sede bem antes de partir.

— Ué, Ameri, o que uma coisa tem a ver com a outra? Quem é comunista não pode namorar?

— Fique sabendo, Mariuccia, que ele tem uma questão meridional para resolver, não pensa no amor...

— O amor tem muitas faces, não só aquelas que vocês imaginam — intervém Maddalena. — Por exemplo, estar aqui no meio de tantas pestinhas eufóricas não é amor? E as mães que fizeram vocês pegarem o trem para ir tão longe, para Bolonha, Rimini, Módena... Isso também não é amor?

— Por quê? Quem te manda embora gosta de você?

— Ameri, às vezes te ama muito mais do que quem não te deixa partir.

Isso eu não entendo, mas não falo mais nada. Maddalena diz que precisa olhar as outras crianças e vai embora. Eu, Tommasino e Mariuccia começamos a jogar papel, tesoura e pedra para passar o tempo. Logo depois o trem vai diminuindo a velocidade até parar. As moças dizem que devemos esperar nossa vez para sairmos quietos e comportados, e, quando estivermos lá fora, não devemos nos afastar porque, do contrário, nos perdemos; e como se faz solidariedade se cada um faz o que quer?

Quando chegamos à estação, há uma banda com os músicos e uma grande faixa branca com os dizeres "Bem-vindos, meninos do sul", conforme nos lê uma das moças. Estão aqui justamente para nos esperar. Parece a festa da Madonna dell'Arco, só que sem as crianças vestidas de branco que se jogam no chão feito doidas.

Os músicos tocam uma música que as mulheres do trem conhecem, porque todas cantam junto. Quando terminam, erguem os punhos fechados para o céu, que está cinza e cheio de nuvens finas e compridas. Mariuccia e Tommasino pensam que eles mostram os punhos porque estão sempre unidos. Então eu explico que estão fazendo a saudação comunista, como me ensinou a Encrenqueira, que é diferente da saudação fascista, como me ensinou a Bonachona. De fato, quando se encontravam no beco, a Encrenqueira e a Bonachona, elas faziam cada qual a sua saudação, e parecia que estavam jogando papel, tesoura e pedra.

Estou na fila com Mariuccia, e Tommasino está atrás, de mãos dadas com uma criança um pouco mais velha. Passamos no meio das pessoas que tremulam bandeirinhas tricolores: uns sorriem, alguns aplaudem e outros cumprimentam. Talvez pensem que vencemos alguma coisa, que viemos à alta Itália para fazermos um favor a eles, e não eles a nós. Alguns homens mais velhos com chapéu e bigode portam uma bandeira vermelha com uma meia-lua amarela no centro e cantam uma música que não conheço.

Depois as mulheres começam a cantar também. São as esposas dos bigodudos de chapéu que trouxeram as bandeiras vermelhas com a meia-lua amarela. Mas essa música eu conheço. É a canção com a qual Maddalena derrotou a Bonachona. São mulheres que não têm medo, mesmo se são mulheres; ou talvez justamente por isso, não sei. As vozes agora são fortes, e muitos ficam com os olhos marejados quando cantam. Não entendo bem todas as palavras, mas certamente tem a ver com mães e filhos, mesmo porque, a certa altura, as moças do trem e as comunistas da alta Itália nos olham e sorriem para nós como se fôssemos seus filhos.

Somos levados a uma sala grande repleta de bandeiras tricolores e vermelhas. Ao centro, há uma mesa bem comprida e com um monte de comida: queijos, presunto, salames, pães, doces... A gente quase se joga em cima das travessas, mas uma moça adverte:

— Crianças, tem para todo mundo, não mexam em nada. Cada um de vocês terá um prato com talheres, guardanapo e um copo de água. Enquanto estiverem aqui, não passarão fome.

Tommasino me cutuca com o cotovelo e diz:

— Nada de comunista que come criancinha. Esse pessoal aqui que se cuide, senão nós é quem vamos devorar todo mundo!

Seguramos nossos pratos como se a vida dependesse disso, e o silêncio é tanto que daria para escutar a grama crescendo. Eu, Mariuccia e Tommasino nos sentamos perto um do outro. Recebemos uma fatia de presunto cor-de-rosa cheia de manchas brancas, um queijo bem macio, o segundo duro como pedra e um terceiro com cheiro de chulé. Olhamos indecisos e ninguém começa a comer, mesmo estando para lá de famintos.

— O que foi agora? Passou a fome de vocês?

— Moça, mas esses do norte não nos deram comida velha? O presunto aqui tem manchas brancas, e tem mofo em cima do queijo — diz Mariuccia.

— Certamente querem nos envenenar — garante o menino de cabelo amarelo sem três dentes na boca.

— E eu, se quisesse pegar cólera, falando com todo o respeito, teria ido comer as ostras lá embaixo no porto, não é? — fala Tommasino.

Maddalena pega uma fatia de presunto com as manchas e a enfia na boca. Diz que temos de nos acostumar com as novas iguarias: mortadela, parmesão, gorgonzola...

Tomo coragem e experimento um pedaço pequeno de presunto com as bolas brancas. Pela minha cara, Mariuccia e Tommasino entendem que é coisa boa, experimentam também e não param mais. Comemos tudo, até o queijo mole com o mofo verde e, por fim, o duro e salgado que pinica na boca.

— Não tem muçarela? — Tommasino quer saber.

— Lamento, senhor, a muçarela não chegou no último carregamento — provoca Maddalena.

Depois, uma moça comunista aparece com um carrinho cheio de tacinhas com uma espuma branca dentro.

— Ricota, ricota! — Mariuccia diz na hora.

— A neve, a neve! — Tommasino bate palmas.

Pego uma colherzinha e coloco na boca um pouco da espuma branca. É gelada e tem gosto de leite e açúcar.

— É ricota com açúcar! — insiste Mariuccia.

— É raspadinha de gelo com leite! — retruca Tommasino.

Mariuccia come bem devagar e, no fim, deixa um pouco na taça.

— O que houve, não gostou do sorvete? — Maddalena franze um pouco as sobrancelhas.

— Não muito... — Mas todo mundo sabe que é mentira da Mariuccia.

— Então o que você não comeu daremos para Tommasino e Amerigo...

— Não! — grita Mariuccia, e as lágrimas começam a cair. — Eu queria guardar um pouco para os meus irmãos, para quando eu voltar para casa. Queria esconder no bolso do vestido.

— Mas não dá para guardar sorvete! — Maddalena dá de ombros.

— Se derrete, como eu faço para fazer solidariedade?

Maddalena, então, tira da bolsa umas cinco ou seis balas, dizendo:

— Tome. Para a solidariedade estas aqui são melhores. Você pode guardá-las e dar aos seus irmãos.

Mariuccia pega as balas como se fossem diamantes e guarda a preciosidade no bolso. Em seguida, come a última colherada de sorvete.

11

As moças comunistas nos mandam sentar em fila, em bancos compridos. Depois passam com um caderno de registro preto, leem em voz alta os números das nossas camisas, perguntam nosso nome e sobrenome e tomam nota.

— Maria Annichiarico? — uma moça pergunta para Mariuccia. A menina confirma com a cabeça, e a mulher coloca um alfinete vermelho no peito da garota. Depois se dirige a Tommasino:

— Tommaso Saporito?

— Presente! — E ele fica em pé.

A moça amarra os sapatos dele, também prende em sua roupa um alfinete e vai embora.

— Eu sou Amerigo Speranza — grito para ela.

Então, a jovem se vira, procura o meu número no caderno de registro e escreve alguma coisa do lado:

— E o alfinete? — pergunto ao vê-la se afastar.

— Eu usei todos, mas outra companheira está vindo, não se preocupe.

Espero, espero, mas não chega ninguém, e começo a ficar aflito.

Nesse momento, entram as famílias do norte da Itália. "Não podemos escolher os nossos filhos", minha mãe costuma dizer quando eu a deixo zangada. Mas aqui é tudo diferente. Alguns casais vieram acompanhados dos seus filhos; outros, sozinhos, só marido e mulher. Os casais sem crianças parecem emocionados, talvez por pensarem que vêm buscar um filho de verdade.

As pessoas desta região da Itália são mais altas e mais encorpadas que nós e têm as caras brancas e cor-de-rosa; acho que de tanto comer do presunto com aquelas manchas. Pode ser que eu também, com o passar do tempo, acabe ficando desse jeito, e quando me mandarem de volta para casa, alto e encorpado, minha mãe certamente me dirá: "A erva daninha cresce!". Porque elogiar não é o seu forte.

A moça do caderno de registro preto retorna com um casal do norte e para na frente de uma menina de cabelo comprido e olhos azul-celeste que está sentada a três lugares antes de mim, e ela é escolhida na hora. Ninguém veio ainda até mim; vai ver que é porque estou careca. O casal pega a menina loira pela mão, e vão todos embora juntos. Depois, a moça se aproxima de uma senhora gorda e ruiva. Elas andam, andam e param diante de duas meninas com tranças castanhas que estão na fila bem na minha frente. Como são parecidas uma com a outra, deduzo que sejam irmãs, e de fato a senhora ruiva leva as duas pelas mãos, uma do lado de cá, outra do lado de lá.

Eu abraço forte Mariuccia e Tommasino e sugiro:

— Vamos fingir que somos irmãos, assim nos levarão os três juntos.

— Ameri, o pessoal aqui é do norte, eles não são cegos. Acha que não veem que você é ruivo, que eu sou negro e que Mariuccia tem o cabelo bem curto e amarelo como palha? Como faremos para parecermos irmãos, me diga?

Tommasino tem razão, claro. As outras crianças vão embora com os seus novos pais, mas nós ainda estamos aqui. Não agradamos ninguém: o negro carvão, o ruivo ruim e a menininha quase careca.

A sala, à medida que se esvazia, fica maior e mais fria. Qualquer barulho, mesmo o menor deles, ressoa como um trovão. Eu me mexo no banco e solto um pum. Que vergonha! Eu, Mariuccia e Tommasino não temos coragem de dizer uma palavra. Assim, começamos a fazer sinais que só nós conseguimos entender. Tommasino estica o indicador e o polegar, como um revólver, e vira o pulso primeiro para a direita e depois para esquerda: "Para nós, não tem lugar". Mariuccia levanta e abaixa a mão fechada em forma de cone: "Mas o que viemos fazer aqui?". Eu dou de ombros e viro as palmas para cima: "Eu é que vou saber?". Tommasino arqueia as sobrancelhas e aponta para mim: "Mas você não era o Nobel?". Sim, sim, eu era o Nobel do nosso beco, mas aqui não sou ninguém; era o que eu queria dizer naquela hora, mas não há gestos para isso. Portanto, puxo o ar pelo nariz e solto pela boca, como o Cabeça de Ferro faz com o seu cigarro.

Maddalena nos olha de longe e começa também com a linguagem dos gestos. Ela empurra o ar com a mão aberta: "Esperem, esperem que a vez de vocês chegará". Já imagino a cara da minha mãe quando me devolverem porque ninguém me quis. "Reconheceram você até na alta Itália!", ela me dirá. Porque consolar não é o seu forte.

Finalmente, aproxima-se um casal acompanhado de uma das moças. A mulher usa um lenço amarrado na cabeça, mas por baixo dá para ver que tem o cabelo bem preto, como o da minha mãe. Não é alta nem gorda e tem a pele escura. Ela olha para nós três. Eu endireito as costas e aliso o cabelo. A mulher está com o casaco aberto sobre um vestido estampado com flores vermelhas.

— Minha mãe tem um igualzinho a esse, mas só o usa no verão — falo para bajular.

Ela não entende o meu dialeto e vira bruscamente a cabeça para a moça, como a galinha que a Bonachona teve por um tempo.

— O vestido... — E aponto para a sua roupa.

A moça pega a mulher pelo braço, sussurra alguma coisa e vão a um outro grupo de crianças.

Tommasino e Mariuccia estão me olhando, mas não tenho coragem de desviar a atenção dos meus cadarços marrons. Antes de partir, eu achava que, com sapatos novos, eu poderia ir aonde quisesse. Mas os sapatos estão apertados, e fico aqui. Ninguém me quer.

Maddalena olha para nós do outro lado da sala, depois se aproxima de duas moças e indica a gente para elas. As jovens passam a andar pelo salão falando com algumas pessoas, até que um casal muito jovem e um senhor de bigode grisalho entram. O casal sorri

CRIANÇAS DA GUERRA   65

para Mariuccia e aproxima-se dela. A mulher, bem jovem e loira, estica o braço, passa a mão pela cabeça quase rapada da menina e faz cara de triste, como se aquele corte de cabelo fosse culpa de Mariuccia.

— Quer vir para a nossa casa?

Mariuccia não sabe o que dizer. Eu a cutuco com o cotovelo, porque, se não falar, eles pensarão que é surda, além de careca, e aí ninguém a pegará mais. Então, ela faz que sim com um gesto.

— Como você se chama? — A mulher coloca as mãos nos seus ombros.

— Maria — responde Mariuccia, para parecer mais italiana, e cruza os braços nas costas.

— Maria, que nome bonito! Pegue, Maria, é para você! — E a mulher coloca no colo dela uma lata de alumínio com biscoitos, balas e um bracelete de contas.

Mariuccia mantém os braços cruzados nas costas e não fala.

A senhora se chateia:

— Você não gosta de balas, Maria? Pegue, são para você...

Mariuccia toma coragem e diz:

— Não posso, senhora. Disseram-me que, se eu colocar as mãos para a frente, eles as cortarão, e aí, como vou fazer para ajudar o meu pai sapateiro?

A senhora e seu marido se olham. Em seguida, ela toma as mãos de Mariuccia com toda a delicadeza, apertando carinhosamente.

— Não tenha medo, minha filha. Suas lindas mãozinhas estão seguras.

Mariuccia, ao escutar as palavras "minha filha", estica o braço e apanha a lata.

— Obrigada. Mas por que estes presentes, senhora? Nem é o dia do meu nome...

Os dois estreitam os olhos e enrugam as sobrancelhas; acho que não entenderam. Por sorte, Maddalena se aproxima e explica que Mariuccia está acostumada a ganhar presentes no dia de Santa Maria, uma tradição do sul da Itália.

Mariuccia, toda envergonhada, aperta a mão da senhora por medo de que ela mude de ideia e a deixe lá. Mas a mulher não tinha mudado de ideia; ao contrário, ficou com o coração partido.

— Vou te dar tantos, tantos presentes, você vai ver! Farei até com que esqueça quando é o dia da sua santa, minha filha!

Mariuccia não demonstra a menor vontade de se soltar da senhora, talvez por se lembrar da sua finada mãe. Ela gosta tanto que nos dá tchau e vai embora com a mulher. No salão, ficamos somente eu e Tommasino.

O homem de bigode grisalho, que havia chegado junto com o casalzinho, aproxima-se de Tommasino e acena com a mão.

— Meu nome é Libero. Prazer em conhecê-lo! — ele diz com simpatia. Estende o braço para a frente e os dois apertam as mãos. O bigodão, então, pergunta: — Quer vir comigo, rapazinho bronzeado?

— É muito longe? — Tommasino arqueia uma sobrancelha.

— Não. De todo modo, o meu carro está lá fora. Deve dar meia hora de trajeto.

— Carro? O senhor é motorista?

— Claro que não! Que garoto brincalhão... Tem senso de humor este aqui! Venha comigo, que a Gina nos espera com os pratos fumegando na mesa.

Tommasino, ao escutar as palavras "prato", "mesa" e "fumegando", não pensa duas vezes e sai correndo.

— Tchau, Ameri, boa sorte!

— Até, Tommasino, fique bem...

12

Tommasino também foi embora, e eu me vejo sozinho no banco de madeira, com os sapatos apertados e a tristeza no peito.

Aperto os olhos com os dedos para não deixar as lágrimas caírem. Quando eu estava no trem, junto com as outras crianças, ríamos, chorávamos e corríamos para lá e para cá, e eu me sentia forte como o meu pai americano. Quando Mariuccia e Tommasino ficavam com medo, eu me fazia de adulto, falava, brincava. Eu ainda era o Nobel. Mas agora me sinto como naquele dia quando estava comendo biscoito em Mergellina e, de repente, minha boca doeu – era um dente que veio parar na minha mão. Corri para casa para pedir ajuda à minha mãe, mas ela estava com o Cabeça de Ferro e não podia me dar atenção; então fui para a casa da Encrenqueira, que me fez sentar, preparou um gargarejo com uma mistura de água com Idrolitina – que deixa a água com gás e bem refrescante – e limão, que desinfeta tudo, e me explicou que chega uma hora quando os dentes caem, um por um, da mesma forma como nasceram; mas depois crescem de novo.

Agora, neste momento, é como se um dente tivesse caído. No meu lugar, onde eu estava antes, ficou um buraco, e ainda não dá para ver o dente novo.

Procuro com os olhos a senhora do vestido estampado com flores vermelhas para ver se, por acaso, nesse meio-tempo, ela não mudou de ideia e resolveu voltar para me pegar. Talvez quisesse ver antes todas as crianças para depois escolher. Como sempre diz a Encrenqueira quando vamos comprar frutas: "Nunca se deve parar na primeira quitanda!". De fato, passávamos por todos os verdureiros do bairro para nos certificarmos de quem estava com as mercadorias mais frescas. Daí ela se aproximava do cesto de melões, cheirava e apertava de leve a casca, para constatar que não estava verde. Talvez seja possível fazer a mesma coisa com as crianças. Querem nos apalpar para ver se dentro somos bons ou maus.

A mulher com o vestido estampado com as flores vermelhas e seu marido percorreram todo o salão junto com a moça do caderno de registro preto, parecendo estar procurando alguém. Eu endireito as costas no banco, mas dessa vez não abro a boca, nem sequer respiro. Olho bem para ela: não se parece com a minha mãe. De início achei que parecia porque ela não sorri. Creio que estão se dirigindo para a saída – não devem ter encontrado uma fruta boa.

Mas não, a moça com o registro preto leva o casal para um canto no fundo e ficam na frente do loiro sem dentes. Eu não tinha percebido que ele também ainda estava lá. Pensava que só eu tivesse sobrado. De longe, vejo que a moça se aproxima para ler o número que o loiro tem pregado na camisa. Ele não a encara. Fixa o olhar nas unhas, que voltaram a ficar roxas como antes enquanto tomávamos banho. O marido da mulher morena fala alguma coisa com ele, mas o menino sem dente não responde. Só mexe a cabeça para cima e para baixo, parece que é ele quem está fazendo um favor ao casal. Então ele se levanta e, antes de segui-los em direção à saída, vira-se para mim e ri com cara de mau, como se dissesse: "Eles me escolheram, mesmo sem ter dito meu nome, e não você".

Fizeram mesmo um grande negócio aqueles dois! Se a Encrenqueira estivesse aqui, ia dar um jeito naquele idiota... A verdade, porém, é que ele tem razão. Só eu fui descartado.

Maddalena, do outro lado do salão, conversa com uma mulher de saia cinza, blusa branca e casacão. Deve ser quem devolve as crianças que sobraram, porque tem no peito o alfinete com a bandeira dos comunistas e uma cara muito, muito séria. Seu cabelo é loiro, mas não como o da Encrenqueira, um amarelo mais delicado. Maddalena toca nos ombros dela e diz algo em voz baixa. Ela escuta sem se mexer, não se vira nem quando Maddalena aponta na minha direção. Depois, baixa a cabeça várias vezes, como se dissesse "Sim, sim, está bem, vou ver o que faço". As duas se aproximam. Ajeito o paletó e fico de pé.

— Eu me chamo Derna — ela me diz.

— Amerigo Speranza. — Estendo a mão para ela como vi Tommasino fazer com o bigodão grisalho.

Ela aperta a minha mão, mas pouco. A mulher não tem vontade de conversar, dá para ver que tem pressa de me levar para casa. Maddalena me dá um beijo na testa e se despede de mim:

— Comporte-se, Ameri, eu te deixo em boas mãos.

— Vamos, filho, é tarde. Acabaremos perdendo o bonde. — Ela me pega pelo braço e sai me puxando.

Saímos de lá depressa, eu e ela, como dois ladrões que fogem para não serem pegos pela polícia. Caminhamos bem perto um do outro, com o mesmo passo, nem rápido nem lento, e deixamos a estação de trem, indo parar numa grande praça de tijolos vermelhos e cheia de árvores.

— Que lugar é este? — pergunto, todo confuso.

— Aqui é Bolonha. É uma linda cidade. Mas precisamos ir para casa.

— A senhora vai me levar para casa?

— Claro, filho.

— Mas não é preciso pegar o trem?

— Pegamos primeiro o bonde.

— Então vamos.

No ponto, aguardando o bonde, eu começo a tremer.

— Está com frio? — ela me pergunta.

Sinto arrepios no corpo todo, mas não sei se é de frio ou de medo. A senhora desabotoa e abre o casacão, envolvendo-me com ele.

— Com essa friagem e essa umidade, eles mandam vocês só de paletó, meu Deus...

Não digo nada dos casacões jogados pela janela, nem das mães que os colocavam nos outros filhos. Penso na cara que fará a minha mãe quando me vir voltar como uma sobra da feira e

CRIANÇAS DA GUERRA   71

enfio as mãos nos bolsos. Só então percebo que ainda está lá a maçã que ela me deu quando parti. Eu a tiro do bolso, mas não consigo comer, pois tenho um nó na garganta.

— Um com tarifa inteira e outra meia — ela informa ao cobrador assim que o bonde chega.

Nós subimos e nos sentamos lado a lado. Os sapatos novos me incomodam, parece que estou com eles faz um ano, não um dia. O bonde parte. Escurece e os meus olhos se fecham pelo cansaço. Antes de adormecer, às escondidas, tiro os sapatos e os coloco embaixo do banco. Para que servem agora? Parti descalço e descalço volto para casa.

SEGUNDA PARTE

13

Quando abro os olhos, está escuro. Estico as pernas para encostá-las nas da minha mãe, procuro o fio de luz que sempre entra de manhã pelas persianas fechadas, mas nada: me sento no meio da cama vazia, e não há uma fresta na escuridão. Saio da cama, o chão está gelado, e com os braços esticados procuro a porta. Bato numa quina, sento no chão e aperto o joelho com a mão para passar a dor.

— Mãe, mãe! — grito.

Ninguém responde, há um silêncio que não é o do meu beco.

— Mãe... — chamo de novo, mas baixinho.

O escuro me envolve por todos os lados e não tenho certeza de estar acordado ou sonhando. O coração bate rápido, não lembro mais de nada. Eu estava no bonde com a mulher loira que devia me levar para casa, devo ter dormido e acordei nesta cama desconhecida.

Um barulho, lá fora, vai chegando mais perto. A porta se abre, entra um pouco de luz. Não é a minha mãe Antonietta, é aquela mulher.

— Teve um pesadelo? — Sem a saia cinza e a blusa branca, ela parece menos comunista.

— Não sei, não lembro.

— Quer um copo de água? Vou até a cozinha buscar...

Não respondo. Ela cruza os braços no peito, esfrega os ombros por causa do frio e sai.

— Senhora... A senhora me trouxe para a Rússia?

Ela abre os braços e faz uma voz mais grossa:

— Para a Rússia, filhinho? Mas o que te contaram lá no sul? Essas histórias provocam mais que pesadelos, elas nos fazem perder o sono!

Acho que a zanguei, apesar de estar escuro e eu não conseguir perceber sua expressão. A senhora se aproxima e toca minha bochecha com a mão, que está um pouco fria.

— Você está em Módena, não na Rússia, com pessoas que te querem bem. Você encontrou um lar, confie...

Esta não é a minha casa, e a minha mãe diz que não precisamos confiar em ninguém, penso; mas não falo nada.

— Já volto.

— Senhora... — murmuro, enquanto ela está quase desaparecendo na escuridão.

— Diga, filho, mas gostaria que você me chamasse de Derna.

— Não vá, estou com medo...

— Vou deixar a porta aberta, assim entra luz. — E desaparece.

Estou sozinho de novo, e o quarto é tão escuro que ficar com os olhos abertos ou fechados é a mesma coisa.

Em pouco tempo, a senhora volta com a água. Está gelada, e eu tomo bem, bem devagar, em goles muito pequenos.

— Sossega, filho, nós não envenenamos os poços. Falaram isso para você também? — ela diz com jeito de irritada.

— Não, não, pelo amor de Deus — respondo logo para não a deixar com raiva. — Desculpe, é que a minha mãe sempre fala: "Beba devagar, senão vai ter uma síncope!".

A senhora parece estar com pena de mim, talvez por ter causado uma má impressão.

— Desculpe, filho — ela fala com uma voz mais mansa —, mas acho que você não teve muita sorte caindo comigo, não entendo muito de crianças. Não tenho filhos. Minha prima, Rosa, ela sim é muito boa com criança. Tem três filhos.

— Não se preocupe, senhora, está tudo bem. A minha mãe teve dois filhos, e crianças também não são o seu forte...

— Ah, então você tem um irmão?

— Não, senhora, sou filho único.

Derna não diz nada, talvez porque ainda esteja arrependida pela história da água envenenada.

— Amanhã de manhã, eu te levo para conhecer os filhos de Rosa. Crianças precisam ficar com crianças, não com as "senhoras", como você diz.

Morro de vergonha por ainda não ter conseguido chamá-la pelo nome.

— Você vai gostar deles, têm mais ou menos a sua idade. Quer dizer... quantos anos você tem? Eu nem perguntei... Que grandes boas-vindas estou dando, hein?

A senhora se desculpa comigo, quando sou eu quem deveria se desculpar com ela por estar aqui, na sua casa, no seu quarto, acordando-a no meio da noite.

— Faço oito mês que vem — respondo. — E não é que tenha medo do escuro: uma vez fiquei trancado numa capela com esqueletos vivos!

— Você é um menino corajoso, sorte sua! Não tem medo de nada.

— Na verdade, só tenho medo de uma coisa.

— De que eu te leve para a Rússia?

— Não, senhora. Nunca acreditei nessa história da Rússia...

— Eu já fui para a Rússia com os meus companheiros do Partido.

— Nunca viajei com os meus companheiros antes, esta é a primeira vez. É por isso que tenho medo.

— É natural, todas essas novidades...

— Não, senhora. O que acontece é que não estou habituado a dormir sozinho. Na casa tinha uma cama só: para mim, para minha mãe e para o café do Cabeça de Ferro, antes que os guardas o pegassem, mas não diga a ninguém, porque é um segredo.

Ela se senta perto de mim. O cheiro dela é diferente da minha mãe. É mais doce.

— Também vou te contar um segredo, Amerigo. Quando o prefeito me pediu para pegar uma criança, respondi que não. Tinha medo.

— Tem medo de crianças?

— De não saber como confortá-las. Eu entendo de política, de trabalho, sei também um pouquinho de latim. Mas de crianças, nada. — Ela fala mirando um ponto na parede, como a minha mãe sempre faz quando conversa consigo mesma. — Fiquei mais dura, com o passar dos anos.

— Mas a senhora me pegou.

— Eu tinha ido à estação para dar uma mão e ver se tudo estava indo bem. Aí a companheira Criscuolo me disse que houve um problema com o casal que iria ficar com você. A mulher, que estava grávida, deu à luz prematuramente e ninguém pôde ir te buscar.

— Por isso fiquei sozinho!

— Quando te vi sozinho naquele banco, com este lindo cabelo ruivo e estas pintinhas no rosto, decidi ficar com você. Não sei se fiz bem. Será que você preferiria uma família de verdade?

— Não sei. Até agora o que eu prefiro é a minha mãe.

Derna acaricia a minha mão, tem os dedos frios e um pouco rachados. Nunca sorri, mas quis que eu ficasse com ela.

— Pensei que tinha ficado sozinho porque ninguém me queria.

— Não, meu filho, tudo estava bem organizado. Trabalhamos nisso durante semanas: para cada criança, uma casa.

— Não nos escolhiam ao gosto deles?

— Claro que não. Aquilo não era uma quitanda!

Morro de vergonha porque tinha achado que fosse exatamente isso.

— Agora você precisa dormir, porque amanhã eu tenho de trabalhar. Vou ficar um pouco aqui, do seu lado. Está bem assim? — A senhora se deita.

Não sei se está bem, mas de qualquer modo abro um lugar para ela no travesseiro. O seu cabelo toca o meu rosto, macio como algodão.

— Posso cantar uma cantiga de ninar para você?

As cantigas de ninar me fazem vir a tristeza no peito, mas não digo a ela, para não a deixar outra vez zangada.

— Pode sim. — Fecho os olhos e grudo um pé na perna dela.

Só espero que ela não cante aquela do menino e do bicho-papão que fica com ele um ano inteiro, porque, se for, é certo que vou começar a chorar, e amanhã me colocam de novo no trem e me mandam para casa.

A senhora pensa um pouco e começa a cantar a mesma música que escutei na estação quando chegamos. Quando ela termina, fico quieto um tempo e depois pergunto:

— Senhora, incomodam meus pés frios nas suas pernas?

— Nem um pouco, filho, nem um pouco.

Assim, finalmente, pouco a pouco, o sono volta e toma conta de mim.

14

"Ameri, Amerigo, acorda que o seu irmão está voltando. Anda logo, levanta da cama, esse lugar é dele." Sem abrir os olhos eu pergunto: "E eu? Fico onde?". "Você?", diz a minha mãe. "Agora você fica lá no norte, na casa da senhora..."

Abro os olhos e é de manhã. Pela janela diante da cama, dá para ver campos amarronzados e os ramos esqueléticos das árvores por causa do frio, com apenas quatro folhas secas. Não há outras casas, ninguém passa, nem uma voz.

A senhora está na cozinha, no fundo do corredor. Eu a observo de costas: prepara a comida e escuta o rádio, um aparelho que eu tinha visto só nas casas das mulheres que vez ou outra me davam de presente roupas usadas. Na mesa tem uma xícara de leite, pão, um potinho com geleia vermelha, manteiga, um bom pedaço de queijo. Quem sabe se Tommasino teve tudo isso na casa do bigodudo... E ainda, garfo, colherzinha, xícaras e pratinhos iguais, todos da mesma cor.

Mais uma vez, ela veste a blusa branca e a saia cinza. Não me viu ainda. Eu queria chamá-la, mas tenho vergonha. Derna não se parece mais com aquela de ontem à noite. No rádio, dá para ouvir as palavras de um homem que fala depressa. Diz: crianças, hospitalidade, trem, doenças, Partido Comunista, Sul, miséria. Estão falando de mim. A senhora para de cortar o pão para escutar, solta o ar de uma vez, como fazia o Cabeça de Ferro, mas sem círculos de fumaça, e depois volta ao que estava fazendo.

De repente, ela se vira e se surpreende.

— Ah, você está aqui...

— Acabei de entrar.

— Não te escutei chegar. Está com fome? Preparei alguma coisa, não sei se você gosta.

— Eu gosto de tudo.

Comemos juntos sem conversar. Só à noite ela fala, e muito; de dia, não. Mas estou acostumado, porque a minha mãe também não gosta de bater papo, muito menos logo cedo.

Quando termino, a senhora diz que precisa ir trabalhar e que me levará à casa da sua prima Rosa, aquela que tem filhos, e que irá me buscar depois do trabalho. Digo que tudo bem, mas volto a ficar triste. A minha mãe me deu para Maddalena, Maddalena me entregou para Derna, Derna me manda para casa da prima Rosa, e a tal prima Rosa sabe-se lá com quem ela irá me largar. Como na cantiga de ninar do bicho-papão preto.

Junto com a senhora, volto para o quarto onde dormi. Pela janela, já não dá mais para ver o céu, nem os campos, nem as árvores. Tento limpar o vidro com a mão, mas nada. Não é o vidro que está sujo, é o ar: lá fora, há um véu de fumaça que encobre tudo. Sento-me na beirada da cama.

— Quer que eu te ajude a se vestir? — ela pergunta.

Não vejo mais as roupas de quando cheguei. Na escrivaninha está a maçã que a minha mãe me dera.

— Eu me visto sozinho, obrigado — afirmo.

De um armário de madeira escuro, onde vejo malhas de lã, calças e camisas, a senhora tira roupas para mim. Tinham sido do filho mais velho de Rosa, e agora são minhas.

— Parecem novas — comento.

Na escrivaninha há também uns cadernos e uma caneta. Derna diz que tenho de ir à escola.

— Outra vez? Eu já fui! — reclamo.

— Precisa ir de novo, todo dia, você ainda não sabe tudo!

— Verdade: ninguém nasce sabendo.

Pela primeira vez, desatamos a rir, os dois juntos.

Eu me olho no espelho com as roupas novas e vejo alguém que se parece comigo, mas que não sou eu. A senhora põe em mim o casaco e o boné e diz: "Espera!", e vai para o outro quarto. Quando retorna, traz na mão um alfinete vermelho com um círculo amarelo e o martelo, igual àquele que ela usa. Senta-se perto de mim e espeta o alfinete no casacão. É o mesmo desenho que vi nas bandeiras dos comunistas no prédio da rua Medina. Isso significa que fizeram de mim um comunista também. Às vezes, me vejo pensando se o loirinho resolveu a tal questão meridional.

— Está pronto? — Derna toca as minhas pintas com as pontas dos dedos.

— Sim, senhora. Quer dizer... Derna.

Ela faz cara de quem, no jogo do bingo, vê sair o número que faltava para completar a carreira.

E assim nós dois deixamos a casa, de mãos dadas. Os passos dela não são rápidos como os da minha mãe. Mas Derna não me deixa para trás. Ou talvez seja eu que ando agora mais depressa, com medo de ficar sozinho no ar cinzento.

15

— Fumam muito aqui no norte! Não dá nem para ver a rua.
— Não é fumaça, é neblina — Derna explica. — Isso te assusta?

— Não. Gosto que as coisas se escondam primeiro para depois aparecerem de surpresa.

— Esta é a casa da minha prima Rosa. Quando o tempo está bom, dá para ver da janela do seu quarto, mas com a neblina desaparece.

— Eu também gostaria de desaparecer às vezes, mas nós, no sul, não temos a neblina ainda.

Derna toca a campainha; ao lado, fica uma plaquinha.

— O que está escrito ali? — pergunto.

— "Benvenuti" — responde Derna. — É o sobrenome do meu cunhado.

Quem vem nos atender é um rapaz de cabelo castanho até os ombros, olhos muito claros e um pequeno espaço entre os dentes da frente. Ele abraça e dá um beijo em Derna, faz o mesmo comigo.

— Você é o menino que veio de trem? Nunca andei de trem. Como é?

— Apertado — digo.

— Esse casaco é meu: eu o usei no inverno passado — afirma outro garoto que chega correndo do fundo do corredor. Ele tem a minha altura e os olhos pretos.

— Meu, seu... O que isso quer dizer? O casaco é para quem precisa — repreende um senhor alto e magro, de bigode arruivado e olhos azuis. — Rosa, você não está criando um menino fascista, está?

CRIANÇAS DA GUERRA   85

— Belo jeito de receber este pobre garotinho que já passou por tantas! — A mulher que se aproxima segura no colo um bebê e faz sinal para que eu a siga até a sala. — Seja bem-vindo. Eu sou Rosa, prima de Derna. O engraçadinho de bigode é meu marido Alcide, e estes são os nossos filhos: Rivo, que tem dez anos, Luzio, que vai fazer sete, e Nario, que ainda não tem um ano.

Como não entendo o nome dos filhos, peço para repetir três vezes. Onde moro, as pessoas se chamam Giuseppe, Salvatore, Mimmo, Annunziata ou Linuccia. E depois vêm os qualificativos: Encrenqueira, Bonachona, Cabeça Branca, Nariz de Cachorro... O nome de verdade ninguém lembra mais. Se alguém, por exemplo, me perguntasse o nome e sobrenome do Cabeça de Ferro, eu não saberia dizer.

Aqui no norte é diferente. O pai diz que aqueles nomes foi ele quem inventou e que não constam entre os santos do calendário, pois ele não acredita em santos. No calendário, sim. Em Deus, não. Diz que, desse modo, quando chama os nomes todos juntos, formam a palavra Rivo-Luzio-Nario! Nessa hora, olha para mim e espera. Sei que aguarda que eu diga algo. Daí solta uma gargalhada, fazendo tremer o bigode. No beco, ninguém que eu conheça tem bigode, a não ser a Bonachona, que é mulher, e aí não vale. Então, para agradá-lo, desato a rir também, só que fingindo, porque não entendi a piada.

Derna se despede porque vai trabalhar e diz que volta para me buscar mais tarde. O marido de Rosa também sai. Ele está sendo esperado em uma casa importante para afinar o piano de uma família rica cujos filhos estudam no conservatório.

— Eu ia ao conservatório também quando estava na minha casa!

Alcide olha sério para mim.

— E que instrumento você toca?

Sinto a cara quente e vermelha.

— Não, nenhum instrumento, senhor Alcide. Eu ia ao conservatório, mas ficava do lado de fora para escutar a música que saía de lá. Ia esperar uma amiga que toca violino, chamada Carolina. Ela diz que tenho bom ouvido para música.

Ele alisa o bigode.

— Mas você conhece as notas?

— Sim.

— Todas as sete?

— Sim. — E as digo, pois foi Carolina quem me ensinou.

Alcide parece contente e promete que um dia me levará com ele à oficina de pianos.

— Vou poder tocar nas teclas? — Eu arregalo os olhos.

— Nenhum dos meus filhos, até agora, demonstrou paixão pela música... Ainda bem que você chegou, não é, Rosa?

Luzio faz cara feia, como se dissesse: "Acabou de chegar e já está com a bola toda".

— Se você se tornar um bom ajudante, eu poderei até te dar uma mesada!

— Já faz um ano que eu recebo mesada — diz Rivo, mostrando o vão entre os dentes brancos. — Porque trabalho no estábulo, dou água para os animais.

— E fede a cocô de vaca — zomba o irmão mais novo.

— Todos nós aqui trabalhamos, cada um deve fazer a sua parte — afirma o pai.

— Senhor Alcide, eu ia catar trapos com o meu amigo Tommasino, mas fico mais contente de trabalhar com pianos. A gente não fica sem cabelo no topo da cabeça!

Ele alisa a cabeleira arruivada e depois me dá a mão:

— Então, trato feito! Encontrei um assistente. Só que... você tem de parar de me chamar de "senhor Alcide", combinado?

Luzio ri, insolente.

— Como quiser! — digo. — Mas como devo chamá-lo?

— Pode me chamar de pai — responde secamente.

Luzio para de rir; eu também.

16

— Tchau, papai, a gente se vê à noite. — Rivo acompanha Alcide até a porta e dá um beijo nele.

Luzio tira do bolso uma bola e começa a brincar com ela no corredor. Eu aceno um adeus com a mão e permaneço quieto. Não consigo chamar Alcide de pai, parece brincadeira. No beco, tinha um homem alto e gordo e, sempre que eu e Tommasino cruzávamos com ele, corríamos atrás e gritávamos: "Palerma, palerma, você é mesmo um palerma!". Alcide não é um palerma; mas como faço para chamá-lo de pai? Aliás, nem meu pai ele é!

Rosa precisa ir ao campo colher verduras. Rivo pega o balde para ir dar água às vacas. Ele diz que a família tem uma horta e alguns animais, que as galinhas são poucas, mas que botam muitos ovos, que está aprendendo a ordenhar, mas é preciso muita delicadeza. Rivo sabe de muitas coisas e quer explicar tudo para mim ao mesmo tempo. A água, o adubo, o leite que sai das vacas, o queijo que se faz com o leite que sai das vacas... Os animais não são só deles, são mantidos juntos com bichos de outras famílias, e todos trabalham em conjunto. Do que obtêm, parte consomem, parte é vendida no mercado. Eu lhe queria dizer que eu ia também ao mercado com Tommasino por causa do negócio dos camundongos, mas Rivo não me escuta – fica falando sem parar enquanto põe o casaco e as botas para ir trabalhar lá fora. Pergunta-me se quero acompanhá-lo para ver os animais. Não respondo nem sim nem não. Parece que a Bonachona tinha razão: trouxeram-nos para cá para trabalhar duro.

— Rivo, você está enchendo a cabeça dele de conversa fiada. Deixe-o tranquilo, ele precisa se ambientar, acabou de chegar! Veja só, Amerigo, esse menino é um azougue.

— Ele é o quê?

— Um azougue: quer dizer que nunca consegue ficar parado e quieto.

— Ah, entendi... Como diz minha mãe: é um castigo de Deus.

Rivo desata a rir, e rio junto com ele. Luzio nem sequer sorri, fica brincando com a bola. Rosa pega uns sapatos sujos de terra e abre a porta. Antes de ir, diz:

— Luzio, se seu irmão acordar, venha me avisar. E dê uma de suas bolas ao nosso novo amigo, assim vocês brincam juntos. Vem, Rivo.

Quando eles se vão, Luzio coloca a bola no bolso e desaparece. Ou se escondeu, ou se tornou invisível, mesmo não havendo neblina dentro de casa. Os ambientes são grandes, e no teto da cozinha há vigas de madeira onde salames e presuntos inteiros ficam pendurados, como na salsicharia da rua Foria. É o ambiente mais quente porque acenderam a lareira, por isso Rosa deixou aqui o berço em que dorme o filho mais novo. De um ponto distante da casa vem o barulho da bola que rola no chão, uma, duas, três vezes... Começo a contar nos dedos; assim, quando chegar a dez vezes dez acontecerá uma coisa boa, o irmão mais velho irá voltar, aquele que fala demais, e vai me levar para ver os animais. Mas o tempo passa, o fogo da lareira vai diminuindo até se apagar e nem o barulho da bola ouço mais. Debruço-me na janela para ver se alguém está voltando, mas ainda tem neblina.

— Luzio — eu o chamo, mas ele não me escuta ou não quer responder.

Num canto da cozinha, meio escondida atrás do guarda-louça, tem uma escada. Puxo-a para fora e a encosto na parede. Nunca subi numa escada. A Bonachona diz que dá azar passar por baixo. Apoio o primeiro pé, para ver se cai, depois o outro, e quanto mais alto subo, maior e mais forte me sinto, esqueço de que me deixaram sozinho. Vou até o topo, porque quero tocar lá no teto, e quando finalmente estico os dedos, sinto a madeira das vigas, morna e áspera. Os salames pendurados acariciam o meu rosto, o seu perfume entra no meu nariz, dando água na boca. Pendurado, lá também está aquele presunto cor-de-rosa com as manchas, que nos deram na estação. Onde já se viu tanta fartura? Com a unha, raspo um pouco a casca até aparecer a carne macia. Enfio o dedo, tiro-o para fora e o ponho na boca. Enfio-o de novo, dessa vez pego um pouco de carne. Quando o buraco já está tão fundo que não dá para cavar mais, faço outro, depois outro.

— Ladrão! — ouço gritarem às minhas costas. — Você veio roubar as nossas coisas!

Eu me viro de repente, perco o equilíbrio e deslizo degraus abaixo. O voo é curto, mas bato com as costas no chão. O menino no berço acorda e começa a chorar. Luzio me encara, depois olha para cima para ver os buracos na mortadela e torna a me encarar. Ele me toca de leve com o bico dos sapatos, como se faz com um inseto para ver se ainda está vivo. Não me mexo. Digo um "Ai!", e ele foge. Nario continua a gritar, e tenho medo de que Rosa volte bem agora e pense que eu lhe fiz alguma coisa.

— Luzio! — chamo, ainda deitado no chão. — Eu nem queria vir para cá, foi a minha mãe quem me mandou para o meu bem. Até me fingi de gago, mas no fim acabei vindo...

Ele não responde. Ouço de novo a bola que rola no chão. O som vem de perto, portanto, deve estar na sala ao lado.

— Eu só queria experimentar. Mas para você não importa. Você tem tudo: animais no estábulo, salames pendurados no teto, um pai de bigodes, malhas dentro dos armários, irmãos... Até retratos dentro de casa.

Nenhuma resposta. Levanto-me para sentar no chão, as costas doem, mas não muito. Aproximo-me do berço e o balanço, como vi uma comadre da Encrenqueira fazer quando tinha um filho pequeno. Assim, Nario pouco a pouco para de chorar e adormece de novo. O barulho da bola chega mais perto até que, finalmente, eu vejo primeiro a bola entrar pela porta da cozinha e depois Luzio.

— Quem é aquele senhor careca no quadro? Seu padrinho de batismo?

— É o companheiro Lênin — ele responde, sem olhar para a minha cara.

— É amigo do seu pai?

— De todos. O meu pai diz que foi quem nos ensinou o comunismo.

— Ninguém nasce sabendo — concluo.

Depois ficamos de novo em silêncio. O fogo virou carvão e começa a fazer frio. Luzio se aproxima da lareira, pega e joga um tronco grande do monte de lenha lá dentro e, em pouco tempo, a chama reacende, mais forte que antes. Lá no sul, na minha terra, não tem lareira; nós temos o braseiro, mas não é tão bonito quanto aqui porque as brasas estão sempre paradas. Eu também gostaria de saber como se faz para reacender o fogo.

— Tenho uma amiga que se chama Bonachona, ela também tem um retrato em casa, mas não é do seu finado noivo, que Deus o tenha, mas do rei com o bigodinho. Ela o levou até na procissão para não nos deixar pegar o trem... e talvez tivesse razão.

Luzio não diz nada e está para sair de novo.

— Não vou ficar aqui para sempre! — grito.

Ele para.

— Disseram-me que só durante o inverno. Então, você é quem irá à oficina com o senhor Alcide. Vão me levar de volta para casa, e tudo voltará a ser como antes, graças a Deus.

Estendo a mão como vi adultos fazerem ao fechar negócio. Luzio não a aperta; com um pontapé faz a bola rolar na minha direção, coloca a escada no lugar atrás do guarda-louça e vai para a outra sala. A bola fica no chão. Não sei se ele a deixou de propósito ou porque a esqueceu. Coloco a bola no bolso da calça e fico olhando a chama que se mexe na lareira.

17

Como ninguém retorna, saio e vou em direção ao campo. Ao me ver, Rivo corre ao meu encontro e pega na minha mão. Penso no buraco na mortadela e fico com vergonha, mas mesmo assim vou com ele até o estábulo.

— A vaca é mansa — ele diz —, mas o touro, quando tem lá seus cinco minutos... É melhor ficar longe dele.

Olho para a cara do touro e logo vejo que tem o gênio ruim, um pouco como a minha mãe, que é boa e simpática, mas quando lhe pisam nos calos, não há santo que a detenha.

Nunca conheci um animal tão grande quanto este. Então conto a Rivo, para mostrar que não sou nenhum ignorante, sobre o gato do beco, grande e cinza, que vivia à porta da Encrenqueira, que nunca negava a ele um naco de pão velho e um pouco de leite. Minha mãe, quando via o gato, chamava de parasita e escorraçava o bicho para longe. Gato não é com ela. Eu e Tommasino tínhamos decidido que seríamos donos do gato e queríamos domesticá-lo. Certa vez, vimos no Rettifilo um velho que tinha um macaco amestrado. Ele dizia "sente-se", e o macaco sentava. Dizia "levanta", e o macaco se levantava. Mandava "dance", e ele dançava. As pessoas aplaudiam e deixavam moedas no seu chapéu. O velho do macaco fazia um dinheirão, principalmente quando ficava na frente da casa de gente rica. Quando o espetáculo terminava, pegava o macaco e ia embora. No dia seguinte, lá ia ele para uma outra esquina.

Eu e Tommasino decidimos procurar o velho naquelas redondezas. Primeiro, porque nunca tínhamos visto um macaco vivo na vida; segundo, para aprender os truques do velho. Um dia, porém, ele partiu e nunca mais encontramos nem o velho nem o macaco. Pensamos em amestrar o Chico Queijo, o gato cinza, para enriquecermos também. Ele não queria saber de jeito nenhum, e fazia só aquilo que queria. Minha mãe não estava errada. Mas o Chico Queijo agora era nosso. Nós o acariciávamos, ele se esfregava nas nossas pernas e, quando nos via aparecer no fundo do beco, vinha ao nosso encontro com o rabo em pé.

Mas, depois, até o Chico Queijo desapareceu também. Procuramos por ele beco por beco: nada. Pensei que tivesse ido embora com o velho do macaco para viver na riqueza. Mas a Bonachona disse que as pessoas, por causa da fome, comiam até os gatos. A verdade é que o Chico Queijo havia se tornado um gatão bonito e rechonchudo, graças ao pão e ao leite dados pela Encrenqueira. Portanto, pode ser que alguém tenha pensado em comer o gato.

Rivo não me deixa acabar de contar e diz que, na sua opinião, os gatos, mais cedo ou mais tarde, voltam; são animais desse jeito, às vezes desaparecem, mas acabam se lembrando do caminho de casa.

— Gosto mais de cachorros. E você, Amerigo?

— Do gato, porque é como eu: eu também, no final, vou voltar para casa.

Rivo se aproxima da vaca.

— Venha, ela é mansinha. — Ele a acaricia bem no meio dos chifres.

Ela abana o rabo, e penso que seja possível amestrá-la. Depois Rivo se vira para mim, dizendo:

— Vai, pode fazer carinho!

Estendo o braço e a toco com a ponta dos dedos. O pelo não é macio como o de Chico Queijo, e o hálito do animal, de perto, fede mais do que o da Bonachona. Tento mais uma vez, com a mão toda. Ela tem os olhos brilhantes e fica com a boca para baixo, como a minha mãe naquele dia em que saímos do prédio dos comunistas e ela quis me comprar pizza frita.

18

Não quero colocar o avental de menina nem dar um laço por trás, porque tenho vergonha. Mas Derna está feliz, então não digo nada. Parece que estou sendo preparado para uma festa, mas o que me espera são tapas, fedor de suor e régua para desenhar no caderno.

— Mas eu já sei os números... — tento convencê-la. — Sei contar nos dedos até dez vezes dez!

— Você tem de aprender as letras, as sílabas, a geografia.

— Não gosto das letras. Minha mãe não as conhece. Para que servem elas?

— As letras não deixam que aqueles que as conhecem nos enganem. Vamos. — Ela pega a minha mão e saímos.

Hoje de manhã não tem neblina e, da casa da frente, vemos chegar Rivo e Luzio, os dois também com o avental preto que sai por baixo dos casacos e uma bolsa a tiracolo igual à minha. Rivo corre ao meu encontro e conta que a vaca está prenhe e que o bezerro logo irá nascer. Luzio fica para trás e dá pontapés em uma pedrinha enquanto caminha.

— Mas tem lugar para mim nessa escola nova?

— Na minha sala não há carteiras disponíveis — Luzio afirma, sempre olhando para o chão.

— Falei ontem com o diretor — diz Derna. — Você ficará na mesma classe do Luzio, porque, mesmo sendo um ano mais velho, está um pouco atrasado. Alegre-se, Amerigo, você estará em família até na escola.

Luzio dá outro pontapé na pedrinha e corre para alcançá-la. Derna se despede de nós, porque precisa ir a uma reunião no sindicato.

— Por favor, filho, mostre por que veio! — Ela se afasta, depois olha para mim e me chama: — Amerigo, espere! Que cabeça a minha, esqueci o lanche.

Lembro-me da maçã de minha mãe, que continua em cima da escrivaninha. Derna corre ao meu encontro e tira da bolsa um pano de prato com cheiro de torta de limão. Guardo na bolsa e vou embora com Rivo.

— Temos de escolher o nome, Amerigo. Qual a sua sugestão?

Penso em "Luigi", como o meu irmão, que teve asma brônquica, mas não consigo dizer nada porque Luzio se vira e grita:

— É a minha vez, *eu* vou escolher o nome do bezerro! Um para cada um. Esse é o meu bezerro.

Rivo corre atrás dele, rouba a pedrinha dele e a chuta forte até o portão da escola. Tento correr, mas o avental se enrosca nas minhas pernas e chego por último.

Nessa escola, temos um professor em vez de professora, o senhor Ferrari. Ele é jovem, não tem bigode e fala com a língua presa. Diz aos outros que sou uma das crianças do trem e que todos precisam me receber e fazer com que eu me sinta em casa. Como na minha casa eu não tinha nada, é melhor que me recebam como se estivessem na casa deles.

Luzio se senta na primeira fila, perto de um menino baixinho com o cabelo loiro ondulado. O único lugar vazio fica no fundo, junto com os mais altos. Lá eu me sento e espero o tempo passar, mas ele é muito lento. O senhor Ferrari diz "Peguem os cadernos quadriculados", e todos pegam. Depois fala "Peguem os cadernos pautados", e todos pegam. Tapas não são necessários nesta classe, todos são amestrados, como o macaco do velho da rua Foria. A certa altura, quando toca o sinal, eu penso "Graças a Nossa Senhora, terminou", ponho o casaco e vou para a porta. Os outros desatam a rir; não entendo, mas volto para o meu lugar. O professor Ferrari explica que é hora do recreio e podemos comer a merenda. Os meninos se levantam e falam entre si em grupos. Lembro-me do pano de prato com a torta de limão e, sozinho na última carteira, como bem devagarinho para fazer o tempo passar. Na escola dos tapas, não havia nem recreio nem torta de limão, e o toque do sinal significava só uma coisa: que os tabefes tinham terminado.

Ao fim do intervalo, os meninos se sentam, e o senhor Ferrari volta à sala, dizendo:

— Agora vamos repetir a tabuada do dois. Benvenuti, venha você.

Luzio se levanta, apanha um pedaço de giz, escreve os números e fica como um pateta olhando para o quadro.

— Benvenuti, volte para o seu lugar — manda o professor um tanto irritado, mas sem bater nele. — Quem sabe me dizer quanto é dois vezes sete?

Ninguém dá um pio por instantes. Depois Luzio diz:

— Professor, pergunte ao Speranza.

— Speranza é novo — ele afirma —, acabou de chegar, vamos esperar que ele se ambiente.

— Professor, mas é para ele se sentir em casa!

Uns dão uma risadinha, outros se viram para me olhar.

O professor, um tanto indeciso, sorri para mim. Dá para ver que é do tipo que nunca deu um tapa em ninguém.

— Speranza, você sabe quanto é dois vezes sete?

Sinto todos os olhares sobre mim, e a minha voz ecoa na sala de aula:

— Catorze, professor.

Luzio me encara com a mesma expressão de quando me flagrou com os dedos na mortadela, como se eu tivesse roubado alguma coisa. O professor Ferrari ficou surpreso, mas também contente.

— Muito bem, Speranza. Você já tinha estudado a tabuada do dois na sua cidade?

— Não, professor. Na minha cidade eu contava os sapatos, que andam sempre de dois em dois.

Quando toca o último sinal e temos de ir, o professor nos manda seguir de mãos dadas até a saída. Fico sozinho no fundo. Depois, um dos meninos que estava sentado na primeira carteira se aproxima e me dá a mão.

— Eu me chamo Uliano — ele se apresenta.

Faço que sim com a cabeça sem dizer nada, e vamos juntos até o portão.

19

Os embutidos continuam pendurados na cozinha, mas a mortadela com as marcas dos meus dedos desapareceu. Até agora, não me disseram nada. Se minha mãe estivesse comigo, corria atrás de mim por todo canto com a vassoura. Aqui, ao contrário, não há castigos, mas é pior, porque nunca se sabe como tudo vai terminar. Nesta noite, sonhei que batiam na porta e que eram os guardas que vinham me pegar e me levavam para a cadeia, para junto do Cabeça de Ferro, que diz: "Eu, por causa do café; você, por causa da mortadela. Não tem diferença, percebe?". No sonho, eu lhe dizia: "Não, não sou igual a você!". Mas quando acordei, já não tinha mais tanta certeza.

Volto da escola e encontro o senhor Alcide cantando uma ópera. Ele sempre canta árias famosas, mas, como desta vez acho que está bravo comigo, tento me esconder, mas mesmo assim ele me vê e me pergunta:

— Aonde você vai? Não tem nada para me dizer?

Enfio a mão no bolso e lá encontro a bola de Luzio. Fico rolando a bolinha nos dedos e não respondo.

— Soube uma coisa a seu respeito, mas gostaria que você mesmo me contasse.

— Senhor Alcide, se eu confessar o senhor não me fará nada?

— O que é que eu faria, meu filho?

— Não chamará a polícia?

— A polícia? Nunca ninguém foi preso por causa de uma boa nota na escola.

Tiro a mão do bolso e respiro fundo.

— Ah, o senhor falou com o professor Ferrari?

— Ele disse que você é muito bom com os números e que também se sai bem nas letras.

— Gosto mais dos números, porque nunca acabam.

— Então é por isso que você tem paixão pela música. Para tocar um instrumento, é preciso ser bom em fazer contas.

Nunca sei se o senhor Alcide está zombando de mim ou se fala sério. Ele se aproxima do guarda-louças, pega um pedaço de mortadela e corta duas fatias.

— Então o senhor não está zangado comigo?

— Um pouquinho estou, sim. Porque você continua a me chamar de "senhor Alcide" e ainda não começou a me chamar de pai.

Ele corta também duas fatias de pão, coloca a mortadela no meio e embrulha os sanduíches num guardanapo.

— Um para você, outro para mim. Vamos!

A oficina cheira a madeira e cola. Nela, há instrumentos inteiros e outros em pedaços, à espera da montagem.

— Eu faço o quê? — pergunto.

— Sente-se e observe. — E ele começa a trabalhar. Corta, parafusa, lima enquanto vai me explicando as coisas.

Eu escuto, observo, e o tempo passa rápido; não é como na escola. Alcide fala pouco enquanto trabalha. Diz que tem de se concentrar. Dedilha uma corda, pressiona uma tecla e me mostra a diferença entre os sons.

Do bolso do colete, tira uma barra pequena de metal com duas pontas bem compridas. Ele a bate no piano e a apoia sobre a caixa do instrumento. Começo então a ouvir o som dos navios quando partem, mas de longe.

— Eu também sei tocar esse instrumento, é fácil.

— Chama-se diapasão, tem uma nota só, mas serve para afinar todos os instrumentos. Experimente.

Assim que apoio o diapasão no piano, sinto um arrepio que passa dos dedos para o braço e sobe até o pescoço, como daquela vez em que queria desatarraxar a lâmpada no criado-mudo de minha mãe e levei um choque. Ela disse: "Bem feito, se tivesse quebrado ia levar mais". Mas esse é um choque gostoso, de felicidade.

Chega a hora do lanche, e percebo que nem tenho fome. Alcide enche um copo de vinho tinto. Nós nos sentamos a uma mesa pequena e comemos um diante do outro, como dois homens feitos. Ele diz que não foi o pai dele quem ensinou esse ofício a ele — aprendeu tudo sozinho. Seu pai era agricultor, mas mesmo gostando da terra ele prefere a música, tem ouvido musical. Não sei qual a profissão do meu pai, mas decido que quero trabalhar com música quando crescer.

Os instrumentos são trazidos até de cidades vizinhas e deixados com ele. Alcide se senta em seu banco e, pouco a pouco, eles se transformam em novos. É bom ficar na oficina com Alcide. Acho que eu também sou um instrumento desafinado que ele deixará como novo, antes de me mandar de volta para o lugar de onde vim.

— Veja, Amerigo: aqui temos a viola, o trombone, a flauta, a trombeta e o clarinete. Qual deles quer experimentar?

— Tem um violino? — pergunto, porque Carolina, minha amiga que está no conservatório, toca justamente violino.

— O violino é complicado. Sente-se aqui.

Ele faz com que eu me sente em um banquinho diante do piano, manda que eu aperte umas teclas e saem as sete notas que conheço. Aperto mais uma vez e mais outra: começo a misturar as notas, exatamente como os números, e os sons se tornam infinitos. Imagino ser um maestro, como aqueles que vi no teatro quando eu e Carolina nos enfiamos lá dentro durante os ensaios. O senhor Alcide aplaude. Eu me levanto, faço uma reverência e, naquele exato momento, entra uma senhora vestida com casaco de pele.

— Bom dia, senhora Rinaldi.

— Bom dia, senhor Benvenuti. Hoje é seu filho que está aqui para ajudar? Ele se parece tanto com o senhor!

Eu e Alcide trocamos olhares um tanto envergonhados, porque é verdade que nós dois somos ruivos.

— Viu como você tem de me chamar de pai, Amerigo? Até a senhora Rinaldi está dizendo! — Antes de se virar para ir ao depósito, Alcide acrescenta: — Não é meu filho, o menino ficará conosco por um tempo. Mas para mim e para Rosa é como se fosse um dos meninos.

Eu e a senhora Rinaldi ficamos sozinhos.

— Rosa tem parentes em Sassuolo, se não me engano. Você veio de lá?

— Não, vim do trem. O trem das crianças.

Alcide retorna com um violino e o apoia na bancada de trabalho. Penso em Carolina e nas pontas de seus dedos endurecidas pelas cordas.

— Eu troquei todas — Alcide explica para a senhora Rinaldi.

Ela coloca os óculos, vira o instrumento de cabeça para baixo, toca nas cordas e as dedilha para ver se o trabalho está bem feito ou se é vigarice. Por fim, se convence e agradece a Alcide. Depois, baixa os óculos no nariz e olha para mim. Ela me estuda exatamente como fez com o instrumento, como se para saber se essa história não é mentira.

— Coitadinhos, trouxeram esses pobrezinhos até aqui. — Ela balança a cabeça de um lado para o outro. — Todas aquelas horas de viagem, o desconforto. E, assim que estas belas férias terminarem, terão de voltar para a miséria. Não teria sido melhor ter dado dinheiro às famílias, em vez de terem trazido as crianças até aqui?

Alcide apoia as mãos nos meus ombros. Ela faz cara de triste e me dá uma moedinha. Alcide me aperta forte e não fala.

— No final das contas — diz a senhora Rinaldi —, isso é melhor que nada, não é? Pelo menos você tem a oportunidade de aprender uma profissão. O que quer fazer quando crescer? Consertar instrumentos também?

As mãos de Alcide apertam os meus ombros como se ele quisesse me pregar no chão, e penso que aquelas mãos, tão leves quando consertam instrumentos, podem ser também muito pesadas para me manterem ali e não me deixarem sair. Nesse ínterim, a senhora pega o violino e se prepara para deixar a oficina.

— Não — digo —, quando crescer eu não quero consertar instrumentos.

Alcide não mexe um dedo, mas se abaixa para um lado para me ver melhor, como se fosse a primeira vez.

— Ah, não? — espanta-se a senhora. — E o que você quer fazer?

— Quero tocá-los. Assim me darão dinheiro para me verem tocar.

Devolvo a moeda à senhora. Ela não diz nada e vai embora. E eu finalmente me sinto de novo o Nobel, como no meu beco.

20

Rosa prepara o bolo com creme amarelo e também a pizza rústica com queijo e salame. Diz que faz a mesma coisa para os outros filhos também.

— E você, com o que está acostumado no dia do seu aniversário?

No ano passado, tive febre. O médico precisou até a minha casa. A Encrenqueira também estava lá. Minha mãe tinha a cara muito branca, mas não chorava — ela nunca chora. Olhou para o retrato do meu irmão mais velho, Luigi, e fechou os olhos. O médico fez cara de quem havia guardado a última porção de macarrão e descobre que alguém a encontrou e comeu. "Ele precisa de um remédio", disse. A minha mãe esperou que ele saísse e colocou a mão no peito, onde mantinha a imagem milagrosa de Santo Antônio, inimigo do demônio, e pegou um lenço com umas notas dobradas dentro.

— No ano passado eu ganhei um presente muito bonito — digo. Rosa sorri.

— E neste ano, que você vai passar conosco, o que gostaria de ganhar?

— Qualquer coisa. Desde que não seja igual ao do ano passado.

Rosa fecha a pizza rústica com uma camada de massa branca e, com a mão, espalha por cima um fio de azeite. No rádio toca uma música alegre, e ela caminha pela cozinha como uma bailarina que vi uma vez em uma festa dos americanos.

— Quando Derna chegar, colocamos a pizza no forno, assim vamos comê-la quente. Agora, Amerigo, me ajude a pôr a mesa. Esta manhã você será o meu cavalheiro.

CRIANÇAS DA GUERRA 105

Ela pega na minha mão e começamos a dançar juntos ali mesmo. Nario olha para nós do cadeirão e bate as mãozinhas, mas sempre no tempo errado. Rosa dá uns rodeios, e eu tropeço nos pés. Ela ri, e eu fico vermelho.

— Quando jovem eu costumava ir aos bailes com Alcide. Agora, só danço na cozinha.

— Nunca danço com a minha mãe, nem na cozinha.

Quando Derna volta do trabalho, diz que tem uma surpresa para mim. Quero saber o que é, mas ela diz:

— Tudo tem a sua hora.

Rosa pega a pizza rústica e sai para o espaço aberto, e eu a sigo para ajudá-la, porque hoje sou o seu cavalheiro. O forno, que eu nunca tinha visto aberto, fica no fundo do quintal. Debruço-me com a cabeça lá dentro – é enorme. Lembro-me das fotos que a Bonachona mostrava para as mães para convencê-las a não nos deixar partir. As minhas pernas ficam bambas, e eu fujo para dentro do estábulo. Rosa corre atrás de mim e me encontra escondido atrás da vaca que está prestes a parir. Não tenho coragem de olhar para ela.

— O que foi, Amerigo? É emoção por causa da sua festa?

Viro a cabeça para o outro lado sem tirar os olhos do chão.

— O que aconteceu? Pode me dizer. Trataram você mal na escola?

A respiração da vaca esquenta o meu pescoço, e eu continuo calado.

— Debocharam de você?

O deboche aconteceu nos primeiros dias. Benito Vandelli, um dos da última fila, chamava-me de Nápoles e, quando eu me aproximava, tapava o nariz como quando sentimos cheiro de peixe podre. Uliano, aquele da primeira carteira e que agora se senta ao meu lado, me disse para não ligar, porque, no começo das aulas, tinham gozado de Benito, e ele, depois disso, se tornara mau. À tarde na oficina, enquanto lustrávamos um piano que deveríamos entregar, Alcide me disse que não existem crianças ruins. São só preconceitos. É quando você pensa uma coisa mesmo antes de pensar nela. Porque alguém colocou na sua cabeça e não sai mais de lá. Ele falou que é igual a uma espécie de ignorância, e que todo o mundo, não só os meus colegas de escola, tem de prestar atenção para não pensar com preconceitos. No dia seguinte, quando Benito me chamou de Nápoles, Uliano se aproximou dele e lascou: "Fica quieto que você tem nome de fascista!". Benito não respondeu e foi se sentar na última carteira. Achei que ele não era culpado por ter recebido o nome errado e que, de fato, até quem é bom tem preconceitos. Exatamente como eu agora, no momento quando vi o forno enorme de Rosa, mas, mesmo sendo sempre bem tratado, dando crédito às palavras da Bonachona sobre os comunistas, que eles cozinham e comem as crianças; a ponto de ter sujado os sapatos de esterco por ter vindo me esconder atrás da vaca que deve parir em breve, justo hoje que é o meu aniversário.

— Desculpe, Rosa. — Saio do esconderijo. — Foi a emoção. Na verdade, nunca tive uma festa antes, nem mesmo ganhei um presente, a não ser a caixa de costura velha que minha mãe me deu. Não estou acostumado a ficar contente.

Rosa me pega no colo. As suas mãos cheiram a farinha amassada com fermento. Sinto o calor da respiração da vaca grávida atrás de mim e o calor de Rosa, que me aperta no peito. O cabelo dela também é macio como algodão, mas escuro como os olhos. Não sei por que, mas, de repente, não consigo mais esconder e confesso a ela:

— Sou o ladrão da mortadela.

Rosa acaricia a minha testa e passa os dedos sobre os meus olhos, como se fosse para enxugar as lágrimas.

— Não há ladrões na nossa casa. — Ela me pega pela mão e me leva para dentro.

21

Alcide também chega, junto com Rivo e Luzio, cantando alegre com o seu vozeirão. Ele traz um pacote embrulhado em papel colorido e com um laço em cima.

— Parabéns, filho, muitos anos de vida! — Alcide me diz, e todos batem palmas para mim, exceto Luzio.

Fico parado como um bobo, embora todos fiquem me estimulando: "Abre! Abre!". É que não quero estragar o papel. Com certeza, dentro acharei aquela pequena espingarda de madeira que vi na vitrine da loja de brinquedos.

Tiro a fita, abro o pacote bem devagar e o meu queixo cai: é um violino. Um violino de verdade!

— Esse fui eu quem fiz, com as minhas próprias mãos e especialmente para você, é um violino dois quartos. Trabalhei nele todas as noites, desde o dia em que a senhora Rinaldi veio.

— Mas eu não sei tocar...

— Tenho um cliente que é maestro, chama-se Serafini. Ele vai te dar umas aulas. Como é mesmo que você diz? Ninguém nasce sabendo! — E Alcide começa a rir.

Rivo se aproxima, tira o violino da minha mão e começa a esfregar o arco nas cordas, produzindo um barulhão, mas Alcide lhe dá uma bronca:

— Isso não é um brinquedo, precisa ser tratado com cuidado. Mantenha o instrumento sempre com você, Amerigo, é o seu violino.

Dentro da caixa, de fato, tem uma fita com o meu nome: Amerigo Speranza. Fico com os olhos esbugalhados, nunca tive uma coisa que fosse só minha.

— Eu, no meu aniversário, ganhei uma bicicleta — diz Luzio, olhando pela janela. — Não deixo ninguém tocar nela. É minha.

Os meus dedos deslizam sobre a madeira brilhante do violino, aperto de leve as cordas esticadas e sigo os fios de seda do arco.

— Você está contente, filho?

Estou tão feliz que quase não consigo falar.

— Sim, papai — digo, por fim.

Alcide abre os braços e me aperta junto a si. Ele cheira à loção pós-barba e um pouco de cola para madeira. É a primeira vez que um pai me abraça.

— Quando vamos comer o bolo? — Rivo puxa Alcide pela camisa.

— Amerigo não gosta de bolo, gosta só de mortadela... — Luzio aponta o dedo para o teto.

Rosa olha feio para ele, que se cala.

— E tem uma outra surpresa. — Derna tira do bolso um envelope amarelo. — É para você, da sua mãe.

— Então ela não se esqueceu de mim! — Desde que cheguei, nós escrevemos para ela várias vezes, mas ela nunca respondeu.

Derna abre o envelope, senta-se na poltrona e de sua boca saem as palavras da minha mãe. Como num passe de mágica, parece que estou no beco de novo. Não sei se gosto ou não.

A minha mãe diz que pediu a Maddalena Criscuolo o favor de escrever a carta para ela e de ler as minhas que tinham chegado. Ela não respondeu logo porque tinha muito que fazer. No beco, a vida é sempre a mesma. O inverno chegou, e ainda bem que estou na alta Itália onde sou mantido no quente, vestido e bem nutrido. Ela informa que a Encrenqueira me manda lembranças e que a caixa com os meus tesouros está segura lá onde a colocamos; que a Bonachona nunca perguntou de mim a ela, mas que fica irritada porque as mães que deixaram os filhos partirem contam só coisas boas a todos e, aos poucos, elas também estão se tornando comunistas por gratidão. O Cabeça de Ferro foi solto por causa de umas amizades que tem, mas ele não trabalha mais com ela, e até tirou a barraca de roupas usadas do mercado.

Derna e eu tínhamos escrito perguntando se ela poderia vir para o Natal. Minha mãe respondeu que não. Que agora não dava nem para falar nisso. Diz que esses meses passarão depressa e que, num piscar de olhos, estarei de novo em casa, perto dela como sempre. Ela comenta que há oito anos, precisamente por esses dias, eu nasci, e espera que a carta chegue a tempo do meu aniversário. Quando nasci, ela escreve, era um dia frio. Por sentir as dores do parto, mandou chamar a parteira. Mas quando a parteira chegou, eu já tinha nascido, porque, desde cedo, se davam a mão para mim, eu queria o braço. A minha mãe nunca tinha me contado essa história, e acho estranho que ela fale mais por carta do que pessoalmente.

No fim da mensagem, depois dos cumprimentos de Maddalena, tem um garrancho todo torto. É o nome da minha mãe – Antonietta –, que diz que Maddalena está ensinando a escrever para assinar o seu nome e assim colocar no lugar do X. Eu imagino a minha mãe sentada à mesa da cozinha segurando a caneta, suando e bufando e, de vez em quando, suplicando à Madonna do Arco; e fico feliz que, no papel, haja alguma coisa feita por ela com as suas mãos especialmente para mim. Tal como o violino de Alcide.

Pergunto a Derna se podemos responder imediatamente, do contrário me esqueço das coisas que quero lhe dizer. Ela vai pegar papel de carta e caneta e se senta à mesa. Eu dito e ela escreve, como o professor Ferrari faz conosco na escola.

Digo que exatamente hoje é o dia do meu aniversário, e que a carta dela foi o presente mais bonito que recebi. A respeito do violino, nada comento, para que ela não fique nervosa. Falo que Rosa preparou tantas coisas gostosas, mas que a rainha do macarrão continua sendo ela. Que na alta Itália também já sou conhecido por todos: pelo *verdummaro*, que aqui se chama fruteiro, pelo *chianchière*, que aqui se chama açougueiro, pelo *zarellàro*, que para eles é o merceeiro. Que há certos vendedores ambulantes no sul que no norte não existem, e que a comida também é diferente. Por exemplo, por aqui ninguém come os pés e os focinhos — isso é dado aos animais. E assim a carta termina. Escrevo o meu nome no fim, meio que um garrancho para ela não se sentir inferior, e Derna, os seus cumprimentos.

Espero que a receba antes do Natal. No ano passado, estávamos só nós dois, mas à noite todos no beco saímos à rua para nos cumprimentarmos uns aos outros. Até o Cabeça de Ferro veio com a mulher, que apertava a carteira nova debaixo do braço e olhava para a minha mãe como se tivesse roubado alguma coisa dela.

Aqui em cima, no norte, o Natal é diferente: as pessoas não montam o presépio, elas fazem a árvore com luzes e bolas coloridas penduradas nos ramos, como os embutidos nas vigas do teto. Dizem que o Papai Noel deve vir e colocar os presentes embaixo. Na minha casa, esse senhor nunca apareceu, talvez porque não tenha encontrado a árvore. Rivo diz que isso não é possível, pois ele vai à casa de todas as crianças, que tem barba branca e roupa vermelha; então pensei que vai somente à casa dos filhos dos comunistas. O único que, de vez em quando, levava alguma coisa para nós era o Cabeça de Ferro, que, no entanto, não tem barba, nem branca nem preta, nem usa roupa vermelha. O Cabeça de Ferro tem o cabelo castanho e os olhos azuis e, de qualquer maneira, eu não o chamaria de pai nem na noite de Natal.

Derna dobra a folha e a coloca no envelope. Mas eu digo que quero lhe mandar um presente, assim minha mãe poderá abri-lo debaixo da árvore — talvez ela use o limoeiro bem na frente da casa da Encrenqueira. Derna sugere que eu faça um desenho, que mandaremos junto com a carta. Nunca fiz desenhos.

— É fácil — ela garante —, eu te ajudo.

Ela me põe sentado no seu colo, pega a minha mão com a sua e começamos com o lápis. Desenhamos os rostos, os narizes, os olhos, e depois os cabelos e as roupas. Rivo vai pegar seu estojo de lápis de cor, porque assim fica mais bonito, e enchemos com cor-de-rosa, amarelo, azul. O cabelo de algodão de Derna me faz cócegas no pescoço conforme nossas mãos vão e vêm no papel e as caras aparecem na folha. Por fim, no desenho, surge a minha mãe com o seu melhor vestido de florezinhas. Eu a coloquei na casa da Encrenqueira, na noite de Natal, junto com Maddalena Criscuolo e o Cabeça de Ferro, que veio sem a mulher. Lá também desenhei o Chico Queijo, que talvez já tenha voltado e esteja me esperando lá, e o macaco amestrado do velho — assim fica parecendo a gruta de Belém.

Pelo menos no papel, a minha mãe estará bem acompanhada na noite de Natal.

22

Uliano não veio à escola porque está com febre. Eu perguntei a um professor se, por acaso, não se trataria de asma brônquica, tal como o meu irmão Luigi, mas ele me disse que não: Uliano contraiu caxumba. Ainda bem, pois, do contrário eu ficaria sozinho de novo. Luzio sempre prefere a carteira da primeira fila, e Benito veio se sentar ao meu lado. Entre nós, agora, está tudo bem: ele não tapa mais o nariz, e eu, de vez em quando, deixo que ele copie os exercícios de matemática.

Como o senhor Ferrari não chegou ainda, estão todos falando em pequenos grupos; eu e Benito ficamos em nossos lugares, cada um na sua. Quando o professor entra na classe, ficamos de pé.

— Speranza, Benvenuti, venham aqui para a frente.

Eu e Luzio trocamos olhares pela primeira vez desde a história da mortadela.

— Speranza, chegou uma menina da sua cidade, e o diretor quer que organizemos uma bonita recepção, para fazer com que ela se sinta em casa.

Olho para Benito na carteira ao lado da minha e espero que a menina nova não seja recebida do mesmo jeito que eu.

À porta da sala do diretor, junto com a professora do quinto ano, encontro Rivo. Ele me diz que a menina nova ficará na mesma classe dele porque têm a mesma idade, e que ela já ia à escola antes que eu viesse para cá. O diretor nos chama:

— Entrem, por favor!

E nós obedecemos. Ele é um senhor alto e careca, como aquele homem do retrato na casa de Alcide e Rosa. Pergunto em voz baixa para o professor se o sobrenome do diretor é Lênin também, como aquele que ensinava o comunismo. O senhor Ferrari olha para ele como se fosse a primeira vez e começa a rir. O diretor se levanta, dá a volta na escrivaninha e nos apresenta a menina nova, que se chama Rossana. Ela é filha de um companheiro importante. Devia ter ficado com a família Manzi, mas, como a mulher está de cama com pneumonia, enquanto não melhorar ficará com o padre e sua governanta, a senhorita Adinolfi.

Rossana é mais alta do que eu, tem olhos verdes, tranças pretas e cara zangada. Talvez porque, em vez de uma família, acabou ficando com o padre e com a senhorita Adinolfi.

— Este aqui é Amerigo — diz o professor, empurrando-me um pouco para a frente. — Ele está conosco há mais de um mês e se adaptou muito bem. Estes são os seus novos irmãos.

Rivo sorri, mostrando o vão entre os dentões. Luzio, quando escuta a palavra "irmãos", bufa; em seguida, observa melhor a menina e fica vermelho. Ela, por sua vez, nos ignora solenemente.

Quando voltamos para casa, Luzio, em vez de seguir sozinho, como sempre, caminha ao lado do irmão e lhe pergunta um monte de coisas sobre a menina de tranças.

— A minha professora disse que Rossana irá jantar hoje na casa da tia Derna — responde Rivo. — O prefeito estará lá também, porque quer conhecer os dois, ela e Amerigo.

— E nós, não? Não é justo!

— Mas nós nascemos aqui, Luzio, não viemos para cá!

— E daí? Porque nascemos aqui ele não quer nos conhecer?

Rivo fica confuso. Em seguida, abre o seu sorriso com aquele vão no meio e tem uma ideia:

— Talvez a gente possa ir; assim o prefeito nos conhecerá também.

— Claro! — Luzio faz cara de astuto. — Não podemos deixar esse aí sozinho...

A senhorita Adinolfi acompanha Rossana, mas logo vai embora, pois tem de preparar o jantar para o padre. A menina se senta à mesa da cozinha e olha para o chão. Está com um vestido vermelho com a barra em veludo preto, diferente do que usava hoje de manhã. Corro para o meu quarto, acendo e apago a luz três vezes. Da janela da frente, do outro lado da rua, a luz acende e apaga três vezes. É o sinal que Rivo me ensinou. Quando volto para a cozinha, a menina está na mesma posição de antes, parada como uma estátua.

— Querem brincar um pouco antes do jantar? — pergunta Derna.

Rossana não responde. Talvez tenha medo de que lhe cortem a língua, como Mariuccia antes de encontrar a sua nova mãe loira. Batem na porta, Derna vai abrir, e eu e a menina ficamos sozinhos.

— E a Bonachona só contou besteiras para a gente. — Eu mostro a ela minha língua, mas Rossana não entende, pensando que quero zombar dela e retribui mostrando a língua dela também para mim.

— Venha, Alfeo — ouço Derna dizer —, as crianças estão na cozinha.

O prefeito traz dois embrulhos coloridos, um para mim e outro para Rossana.

— Vim dar as boas-vindas a vocês em nome de toda a cidade. — E ele nos dá os presentes.

A menina fica imóvel, não se interessa pelo mimo. Eu pego o meu pacote, mas não o abro porque quero esperar Rivo e Luzio, que chegam exatamente um minuto depois.

Eu e Rivo começamos a brincar com o trenzinho que o prefeito Alfeo trouxe, enquanto Luzio se senta ao lado de Rossana e fica imóvel também. Talvez ela lhe tenha passado a mesma doença.

Quando os *tortellini* chegam à mesa, começamos a comer, menos a menina. O prefeito faz uma cara simpática.

— Não sabia que você era também uma ótima cozinheira, Derna.

— Quem fez os *tortellini* foi a minha mãe — revela Luzio, só para se fazer de importante.

— Derna também sabe cozinhar — intervenho. — E também sabe das coisas do sindicato.

— Eu, ao contrário, não sei fazer nada. Foi por isso que me elegeram prefeito! — O prefeito sorri.

— Não acreditem nele, crianças. Alfeo foi um bravo resistente à ocupação nazista. Ele foi mandado para a prisão e também para o exílio!

— O que quer dizer "exílio"?

— Significa, Amerigo, que me mandaram por muito tempo para longe de casa, da minha cidade, dos meus entes queridos, fui impedido de voltar.

— Não entendeu? No exílio, como eu e você. — É a voz de Rossana, que ninguém tinha ouvido antes.

— Vocês não estão no exílio — contrapõe o prefeito Alfeo. — Vocês se encontram entre amigos, e queremos ajudar, ou melhor, entre companheiros, que são mais que amigos, porque a amizade é uma coisa privada entre duas pessoas e pode até terminar. Companheiros, ao contrário, lutam juntos porque acreditam nas mesmas coisas.

— O companheiro de vocês é o meu pai, não eu. Não preciso da sua caridade, nem quero.

Derna pousa a colher e faz a mesma cara de quando volta tarde do sindicato e a reunião não andou bem. O prefeito faz um sinal com a mão para que a companheira não diga nada, e é ele quem responde:

— Dá para ver que você ainda não experimentou os *tortellini*: eles têm sabor de acolhimento, não de caridade. — Ele sorri de novo e pergunta para mim. — Não é verdade?

Faço que sim com a cabeça, mas aquilo que Rossana falou confundiu completamente as minhas ideias: parece até que, nesta noite, os *tortellini* de Rosa, em vez de serem gostosos como de costume, têm um pouco de gosto de caridade, e tenho medo de não conseguir tirar mais esse sabor da boca.

— Os meus pais é que deveriam ter me acolhido na minha casa, não gente que não conheço. — Rossana fala como adulta, dizendo tudo o que pensa.

E agora, ouvindo Rossana, parece-me que também acredito nas coisas que ela diz. Derna leva os pratos para a cozinha e nos dá permissão para nos levantarmos. Eu e Rivo voltamos a brincar com o trenzinho e, enquanto Derna tira a mesa, o prefeito Alfeo desembrulha o pacote que trouxera para Rossana: dentro há um fantoche de pano em forma de cachorro, com os olhos grandes e um pouco tristes. O prefeito enfia o braço dentro do boneco e começa a falar engraçado. O cachorro pula, dá cambalhotas, abana o rabo e, por fim, se esfrega nas pernas de Rossana. Ela levanta a mão e depois a põe sobre a cabeça do cachorro. Não fala nada, mas do seu olho esquerdo escorre sobre a sua bochecha, devagarinho, uma lágrima. Luzio, que até o momento se mantivera quieto e imóvel, puxa um lenço do bolso e o coloca na mão de Rossana. Ela pega o lenço e a lágrima desaparece.

23

Alguns dias depois, enquanto fazemos contas de somar, pela porta aberta vejo a professora de Rivo, que corre diretamente para a sala do diretor Lênin. Ela fala alto, e falta pouco para começar a chorar:

— Pediu para ir ao banheiro... Os minutos foram passando, e eu falei para a colega que senta com ela na mesma carteira para ir ver se, por acaso, não tinha se sentido mal. Não é, Ginetta?

A menina que foi atrás da professora até a sala do diretor faz que sim com a cabeça, mexendo os cachos loiros. De seu nariz, sai um fio de ranho, que se mistura com as lágrimas. Logo o diretor, as professoras e os bedéis começam a procurar: dentro das salas de aula, na secretaria, no depósito, na biblioteca, mas nada. Não conseguem achar Rossana.

— Será possível que ninguém a tenha visto sair da escola? — grita o diretor Lênin com a cara vermelha e olhos de diabo, exatamente como no retrato na casa de Rosa.

O porteiro responde que talvez a menina tenha se aproveitado do único momento em que ele deixara o posto para ir ao banheiro.

— Temos de avisar os pais — diz o professor Ferrari.

O diretor olha à sua volta como se estivesse perdido e sussurra:

— Não. Não. É melhor não deixar que todos saibam do que aconteceu, eu assumirei a responsabilidade. A cidade é pequena, e uma menina a pé, aonde pode ter ido? Não demora e encontraremos. Vamos esperar até esta noite, e se não a encontrarmos...

Na nossa volta para casa, na rua, não se fala de outra coisa que não seja a menina que fugiu. O senhor Ferrari nos dissera para não nos preocuparmos, os adultos cuidariam da questão.

— Os adultos sempre decidem tudo — Luzio resmunga —, a nossa vontade não conta nunca. Você também não queria vir para cá. Foi obrigado.

Eu, na verdade, não sei se a minha mãe me obrigou, mas fico quieto. Caminho em silêncio e penso em Rossana, na cara dela na noite em que veio à nossa casa, com a boca para baixo e os olhos petrificados.

Rivo vai dar água aos animais, e eu vou com ele. A vaca grávida está triste, parece doente. Ela também tem a boca virada para baixo, mas não foge. Fica.

— Derna — digo, antes de ir dormir —, está frio lá fora?

Ela entende na hora, pega as minhas mãos e aperta com força:

— Talvez a esta hora já a tenham encontrado, Amerigo. Alfeo é cabeça-dura, não desiste fácil. Ele lutou nas montanhas, imagine se vai deixar uma menininha com tranças escapar.

Derna deixa um copo de água no criado-mudo, apaga a luz, e eu fecho os olhos. Mas nada de dormir. Tem muito barulho e todo ele vem da minha mente: a boca para baixo de Rossana como a da vaca triste, o cachorro de pano, o prefeito da Resistência, as palavras do professor Ferrari, os embutidos pendurados no teto, a viagem de trem com as crianças, o bonde onde adormeci descalço. E, no fim, entendo que Luzio tinha razão: os adultos não entendem nada de crianças.

Aproximo-me da janela, vou ver se ainda estão acordados. Acendo e apago a luz três vezes. Nada. Tento outras três vezes e depois de novo. Volto a me deitar, talvez eles já estejam dormindo. Mas depois, do escuro, chega o sinal: um, dois, três. Visto-me, calço os sapatos, o casacão, o chapéu, pego um pedaço bem grande de parmesão do guarda-louças e, sem fazer barulho, saio de casa, atravesso a rua e espero no quintal. Silêncio total. Só a vaca prenha se lamenta de vez quando. O frio sobe do chão e entra nos meus sapatos. Queria voltar para dentro e me esquentar, mas aí vejo uma luz que se aproxima. É Luzio com uma lanterna.

— Não acordei Rivo, senão ele contava para a mamãe.

— Acho que sei para onde Rossana foi, Luzio. Você sabe como chegar ao ponto do bonde?

— Venha.

Caminhamos um do lado do outro e quase não falamos. As ruas estão desertas, mas ele conhece bem os caminhos e não tem medo. Eu tenho um pouco, sim. Tiro a mão do bolso e procuro a dele. Luzio a aperta devagar, três vezes, como nosso sinal secreto. Chegamos ao ponto do bonde depois de termos caminhado meia hora, talvez mais. O último bonde para Bolonha está prestes a partir, o motor já está ligado e os faróis iluminam a bilheteria. Corro junto com Luzio e olhamos para dentro. Há três homens e uma mulher. Rossana não está. Eu me enganei, penso, viemos até aqui para nada. É tarde e o céu está preto.

— Vamos voltar para casa? — sugere Luzio.

Como faz frio, nós entramos na sala de espera para nos aquecermos e finalmente vemos Rossana, sentada num canto olhando o chão, séria como de costume. Faço um sinal a Luzio para não falar e me aproximo dela bem devagar. Quando me vê, ela se levanta bruscamente como se quisesse fugir. Mas depois para, não sabe nem para onde ir. Tiro do bolso do casacão o pedaço de queijo e entrego a ela. Rossana pega sem falar nada e come tudo com duas mordidas. Estava de jejum desde de manhã.

— Sei que no começo é estranho — digo a ela. — Eu te entendo...

— Você não pode entender nada — ela fala com a sua voz de adulta. — Não sou como você. Não sou como nenhum de vocês.

Fico chateado: o que isso significa? Luzio, sentado no banco em frente, espera. Rossana tenta arrumar as tranças despenteadas.

— Na nossa casa, nunca nos faltou nada. Sabe onde eu moro? Se eu contar, você vai rir. Uma das ruas mais bonitas da cidade. Foi o meu pai quem me obrigou a vir, para dar o exemplo para os outros. Mas que nada, era só para fazer bonito. A minha mãe suplicou, mas ele não deu a mínima. Por que eu, justo eu, que sou a mais nova? O que tenho a ver com isso? Não é justo! Não é justo!

CRIANÇAS DA GUERRA   123

Ela chora, soluçando. Uma trança se desfaz e o laço vermelho cai no chão. O chefe da estação nos vê e se aproxima.

— Onde estão os pais de vocês, crianças?

— Longe — afirma Rossana, sem parar de chorar. — Muito longe.

Eu e Luzio explicamos a situação ao homem, que diz:

— Vou telefonar agora para o prefeito Corassori.

Não tarda muito, e ele chega em pessoa. Está calmo como na noite passada no jantar, e sorri.

— Que noite de sorte: três crianças corajosas num golpe só. Mas você errou muito — comenta, dirigindo-se a Rossana. — Não se foge desse jeito, sem sequer ter experimentado os *tortellini* de Rosa! Para não falar dos embutidos...

Observo Luzio pelo canto do olho, mas ele não faz comentários; talvez não esteja nem escutando. Abaixa-se para apanhar o laço de Rossana que caiu no chão e guarda no bolso.

Quando batemos na porta, ninguém atende, e todas as luzes estão apagadas. Depois chega do estábulo um gemido assustador. Corremos para lá e encontramos Rosa com as mãos sujas de sangue. Rossana grita e foge. Eu me escondo atrás do prefeito, e Luzio dispara ao encontro da mãe. Em seguida, escutamos um outro gemido, mais fraco, como o choro de um menino. Rosa faz sinal para nos aproximarmos, e até Rossana volta para ver. A vaca está toda suada e tem cara de quem viu a morte de perto. O bezerro recém-nascido ainda tem as pálpebras coladas e chora de fome. Rossana se aproxima, suas mãos tremem. Porém, assim que vê o bichinho, sorri e acaricia sua cabeça.

— Coma, pequenino, que sua mãe está aqui, perto de você.

Ele sente o cheiro da vaca, abocanha a teta e começa a mamar. Do fundo do estábulo, chega também Rivo, que tinha ido buscar feno.

— Como vocês passeiam de noite sem mim, o nome do bezerrinho quem irá escolher sou eu — diz, sorrindo.

— Não, não vale, é minha vez e eu tenho de decidir! — revolta-se Luzio.

— É verdade — intervém Rosa —, é a vez do Luzio, embora ainda tenha de me explicar o que está fazendo com o prefeito a esta hora.

Luzio olha para o bezerro, depois para mim, e mais uma vez para o bezerro.

— Já escolhi: quero que ele se chame Amerigo. — E ele sai do estábulo.

Fico boquiaberto e, por um instante, nada me parece verdade. Então, o bezerro termina de mamar, se aconchega debaixo da mãe e dorme. Suas pernas são finas como galhinhos, o pelo é curtíssimo, e é tão magro que quando respira dá para contar as suas costelas. E tem o mesmo nome que eu.

Quando voltamos à cozinha, Rosa quer saber por que saímos sozinhos no escuro.

— Eles foram procurar algo que estava perdido. — O prefeito Alfeo olha para Rossana. — Foi uma ação heroica, Rosa, não critique os meninos. Na verdade, eles merecem uma medalha.

Eu imagino a cara da minha mãe quando me vir com a medalha, como Maddalena Criscuolo.

No dia seguinte, o diretor Lênin manda nos chamar, a mim e a Luzio, e nos espeta no peito uma medalha e uma roseta tricolor. Os colegas de classe querem saber, e nós contamos e aumentamos o feito ainda mais do que foi. Rossana vem conversar conosco no intervalo, com as suas tranças de novo em ordem. Ela usa um bonito vestido azul-celeste, e, pela primeira vez, vejo Rossana sorrir ao dizer que o pai virá buscá-la e a levará para casa. Luzio tira do bolso da calça o laço vermelho que a menina perdera na noite do bezerro e devolve a ela.

— Fique com ele — diz Rossana. — Como lembrança.

Luzio fecha a mão, e o laço desaparece entre seus dedos.

O professor Ferrari pede para voltarmos aos nossos lugares e, como Benito também pegou caxumba, todos querem sentar na carteira do lado da minha, que ficou vazia.

— Eu vou para lá — Luzio afirma —, sou o irmão.

E vem se acomodar na última fila.

24

As férias começaram e nunca mais vimos Rossana. No primeiro dia do ano, fomos ao concerto da banda na sala grande da prefeitura, e o prefeito nos contou que o pai tinha vindo buscá-la dias antes do Natal. Rossana disse a verdade: ela não é como eu. Deixou um cartão com votos de boas-festas para nós três, mas Luzio não quis ler. Pior para ela, porque vai perder a Festa da Befana – uma festa tradicional nossa que ocorre no Dia de Reis – que Derna organizou para o prefeito.

A praça grande, com o campanário muito alto, está repleta de luzes e bandeirinhas, e as companheiras estão vestidas de bruxas, todas com nariz comprido e com os sapatos esburacados e rasgados. Rivo e Luzio riem. Eu não, porque também tive sapatos assim: eles machucam e não têm graça nenhuma. Na Festa da Befana, todas as crianças, do sul ou do norte, recebem um saquinho com balas e uma marionete de madeira. Alcide e Rosa bebem vinho tinto e dançam; eu, Rivo e Luzio brincamos com os nossos colegas da escola. Nario está no carrinho e, como já comeu, dorme agora, apesar da música e das vozes altas. Quando começam as competições, nós três ficamos no mesmo time e, no final, ganhamos um distintivo e três laranjas. Antes, eu jamais ganhara nada, nem na rifa que a Bonachona organizava todo último dia do ano, porque a minha mãe não tinha dinheiro para comprar o bilhete.

Depois é a hora do coro. Somos colocados em fila, e ao meu lado está um menino com cachos muito pretos penteados para trás com brilhantina. De imediato, não nos reconhecemos.

— Ameri, é você? Está parecendo um ator de cinema!

— Não me goze, Tommasi. Quanto salame você anda comendo? A barriga cresceu como a da Bonachona.

Do outro lado da praça, vejo o senhor de bigodes, que havia levado meu amigo embora, junto com a sua mulher, que tem braços fortes e peito grande. Também estão dois filhos maiores, que se parecem com o pai com aqueles seus bigodinhos. O pai acena para Tommasino enquanto cantamos, e agora acho que o meu colega também se parece um pouco com ele.

Luzio está duas filas à frente no coro e, vez ou outra, se vira por curiosidade. Geralmente é ele quem conhece todo o mundo, não eu, mas hoje a coisa mudou. Revejo o baixinho negro, o loiro sem os dentes que nesse meio-tempo já voltaram a crescer, e tantos outros que partiram no trem comigo. Só que agora estão todos bonitos e elegantes, e não dá para distinguir as crianças que vieram do sul daquelas que já eram do norte. Eu e Tommasino dizemos que certamente Mariuccia estava por ali e começamos a procurar uma menina magra e loira, com cabelo bem curtinho, mas não a vemos. Assim, nós nos sentamos num banco perto dos sanduíches, tomamos suco de laranja e olhamos para os outros que brincam correndo um atrás do outro. Luzio se junta a nós e, depois de algum tempo, Tommasino conta a ele até a história dos camundongos pintados, mas, por sorte, naquele exato momento, vejo Mariuccia. Ela está de mãos dadas com os pais que a levaram no primeiro dia. O seu cabelo cresceu e ficou cacheado e bonito, igual às mulheres nos cartazes dos filmes. Está com o rosto redondo, usa um vestido cor-de-rosa escuro, da mesma cor das suas bochechas e um cinto entrelaçado de florezinhas, que também enfeitam a sua cabeça. Mariuccia ficou bonita!

Tommasino e eu nos mantemos calados. Nenhum dos dois tem coragem de chamá-la e de deixar que nos reconheça, mas ela, assim que nos vê, vem ao nosso encontro e nos abraça bem forte. É apenas o abraço de Mariuccia, mas me causa uma sensação estranha, e em Tommasino também, sem dúvida.

— E vocês, tudo bem? — Mariuccia nos pergunta no dialeto local.

Fico boquiaberto.

— Mamãe, papai, estes são meus amigos lá do sul — ela informa à senhora loira e a seu marido, e eu entendo que Mariuccia não voltará conosco porque encontrou a sua família.

Quero ir para junto da minha mãe Antonietta, mas antes tenho de terminar tudo o que ainda há para eu fazer por aqui. Preciso construir o refúgio secreto atrás do estábulo junto com Rivo e Luzio. E domesticar o bezerro novo. E também aprender a tocar bem violino com o maestro Serafini. No começo, para ser franco, achei que não ia conseguir. Meus dedos doíam e, em vez de música, eu produzia miados iguais aos dos gatos quando eles se pegam de noite. Da janela da oficina de Alcide, olhava para os meninos que brincavam com bolas de neve enquanto eu ficava horas e horas repetindo na cara do maestro: "Dó-óó-óóó". Até que, certa noite, de tanto refazer os exercícios, o violino parou de miar e, finalmente, ouvi uma música. Não conseguia acreditar que eu tinha feito nascer a música, com as minhas mãos.

Antes de partir, tenho ainda de ajudar Derna a organizar o comunismo – ela sozinha se cansa muito. Trabalha sempre demais o dia todo, e à noite, quando vem me buscar na casa de Rosa, voltamos juntos. Derna fica um pouco deitada na cama comigo, falamos das coisas do dia e ela me lê uma história de um livro cheio de animais, separados entre bons e ruins: a raposa, o lobo, a rã, o corvo. A cada três páginas, há uma figura colorida. Às vezes, Derna coloca o dedo embaixo de uma palavra. "Agora leia você", me diz. Ou, se estamos mesmo muito cansados, canta para mim uma canção para me fazer adormecer. Como já sabemos que não conhece canções de ninar, ela canta outras músicas que sabe, como aquela comunista que diz *"Bandiera rossa la trionferà"*, e no fim eu grito *"E viva Derna, Rosa e la li-ber-tà!"*.

Quando teve de organizar a Festa da Befana, nós nos sentávamos à mesa da cozinha à noite e ela me pedia conselhos: como decorar as meias, que brincadeiras organizar, que canções mandar a orquestra tocar. Depois da última reunião para a festa, Derna foi me buscar na casa de Rosa com um aspecto sombrio. Eu, Rivo e Luzio brincávamos com as construções de madeira que Alcide tinha feito para nós. Geralmente, Derna fica conversando um pouco e toma um copo de vinho. Naquela noite, porém, ela não tirou sequer o casacão e me levou embora. Em casa, Derna não falava. Pensei que era por culpa minha, que devia ter lhe dado conselhos errados e que agora ela estava com raiva de mim. Mas quando Derna tirou o casacão, vi que o seu rosto estava vermelho, como se tivesse apanhado muito sol ou muito frio. Depois, nós nos acomodamos à mesa e, de repente num golpe só, Derna começou a chorar. Eu nunca a tinha visto chorar, por isso comecei a chorar também. Ficamos assim, como dois tolos, à mesa da cozinha, chorando sobre a sopa de macarrão. Ela não queria falar, dizia que não era nada. Assim, fomos dormir, mas dessa vez sem histórias de animais nem músicas.

No dia seguinte, um sábado, enquanto eu e Luzio brincávamos de esconde-esconde, escutei Derna falar com Rosa. Dizia que foi um companheiro, um figurão que compareceu à reunião. Não tinha nada para dizer sobre a organização da festa, já que ela e as outras haviam preparado tudo muito bem. Depois esse figurão quis falar a sós com ela. Derna explicou a ele o que estava fazendo no sindicato e na campanha eleitoral. Ele deu a entender que seria melhor ela se dedicar apenas às festas para crianças e à beneficência aos pobres. Eu me escondi lá mesmo na cozinha, entre o aquecedor e a despensa, para escutar melhor. Derna disse ao figurão que muitas mulheres tinham combatido na Resistência, atirando com pistolas, e chegaram até a ganhar medalhas. Lembrei-me da medalha de Maddalena Criscuolo e da ponte da Sanità, que não tinha explodido justamente graças a ela. Então o homem perguntou a Derna se ela também queria uma medalha. Derna respondeu que a medalha deveria ser dada a muitas mulheres por ainda permanecerem no Partido. E, naquele momento, ele deu um forte tapa na cara dela. "Não chorei", ela disse para Rosa. Eu continuava quietinho no meu esconderijo. A minha mãe não teria aguentado o tapa: revidaria com dois na cara dele. Mas Derna começou a cantar, como Maddalena naquele dia na estação: "Embora sejamos mulheres, medo não temos". Como era uma das canções de ninar que cantava para mim antes de dormir, eu saí do esconderijo para me juntar a ela, mas Derna e Rosa, quando me viram sair de trás do aquecedor, levaram um susto e colocaram as mãos no peito, soltando um grito e parando de cantar. Do tal figurão, nunca mais ouvi falar.

Deixo essas lembranças de lado quando as bruxas nos colocam em fila e, um por vez, amarram lenços sobre os nossos olhos. Com um bastão comprido, temos de acertar um pote de cerâmica pendurado num poste. Quem conseguir, comerá os doces que estão lá dentro.

— É a *pignatta* — Luzio nos explica. — Vocês nunca brincaram disso lá embaixo, no sul?

— Sim e não.

— Como assim, o que quer dizer com isso, Amerigo?

— Brincamos com o bastão muitas vezes, mas sem esse pote.

Quando chega a minha vez, agarro o bastão com as duas mãos, e Derna me põe a venda nos olhos. Enquanto me preparo para bater, me vem à mente o primeiro dia, quando fui o último, e o que teria sido de mim caso Derna não tivesse aparecido. Ela me pareceu grande e forte, mas agora é como se tivesse se tornado menor. É verdade que Derna tem muitos conhecimentos, incluindo um pouco de latim, mas é mais ignorante das coisas da vida do que uma criança. E se eu não estiver aqui, com ela, quem a irá defender?

Assim imagino o pote como a cabeça do figurão e dou um golpe com toda a força que tenho. O pote se despedaça fazendo barulho de vidro quebrado, todas as crianças gritam de alegria e cai uma chuva de balas sobre o meu rosto.

25

O Natal passou e a Festa da Befana também. A maçã que a minha mãe me deu quando parti ficou esse tempo todo em cima da escrivaninha. Eu queria guardá-la de lembrança, mas com o tempo ficou seca e escura, e não posso mais comer a maçã.

— Rosa, quando irei embora? — pergunto um dia, ao voltar da escola.

Rosa para de debulhar o feijão e permanece um momento em silêncio, pensativa.

— Por que pergunta, Amerigo? Não está bem aqui na nossa casa? Sente falta de sua mãe?

— Não, sim, um pouco... — digo. — É que tenho medo de que a minha mãe acabe não me fazendo mais falta.

Rosa me dá um pouco de feijão para debulhar.

— Vê quantos feijões há em cada vagem? Tem lugar para muitos. Como no seu coração. — Ela abre uma vagem e a mostra para mim. — Conte.

Eu passo o dedo sobre cada grão.

— Sete — respondo.

— Está vendo? — Ela passa de leve uma vagem vazia no meu nariz para me fazer cócegas. — Estamos todos aqui: eu, Alcide, Derna, os meninos e também a sua mãe. Você pode manter todos nós juntos.

Eu gosto de ajudar Rosa, abrir a casca dura e úmida e, com o dedo, tirar todas as bolinhas brancas, uma de cada vez. Gosto também do barulho que os feijões fazem quando caem na sopeira de cerâmica e de ver as vagens que se amontoam num canto da mesa.

Rosa vira a cabeça para a janela e diz:

— Você irá embora quando os campos ficarem amarelos, e o trigo, alto.

Na hora, olho para fora para ver em que ponto estão os campos, mas ainda nada de amarelo: o ar está frio, e o campo, cinzento.

Uma semana depois, vem o bom tempo, e Derna, chegando do trabalho, me fala:

— Amanhã todos iremos para Bolonha de bonde.

Debruço-me na janela, mas o trigo ainda não está alto.

— Vocês já me mandarão embora? O refúgio ainda não está pronto...

— E quando você toca violino, a gente tem de tapar os ouvidos — Luzio debocha.

Eu queria responder a ele que isso não era verdade, porque o maestro Serafini diz que estou aprendendo e tenho muito jeito. No entanto, acho que ele deve ter dito isso só para não me deixar voltar para casa. Mas Derna nos tranquiliza: ainda não é o momento, temos de ir a Bolonha porque há uma surpresa.

No dia seguinte, descemos do bonde todos vestidos com roupa de festa e caminhamos até o prédio onde tinham nos entregado para as novas famílias. Na entrada, há mesas postas e a banda de música. Eu fico encostado em Derna com muito medo de que me mandem embora, porque tudo parece bastante igual àquele dia, como uma viagem para trás.

Os músicos começam a tocar, Derna sobe num palco de madeira, e eu fico de novo sozinho. Queria pedir para ela descer e não começar a cantar, porque, nunca confessei a ela, mas ela é um pouco desafinada. Felizmente só precisa falar. Diz que temos um hóspede importante, uma mulher inteligente que pensa sem preconceitos e que foi convidada para assegurar-se pessoalmente das condições das crianças dos trens. Que enfrentou uma viagem longa e cansativa para levar notícias às mães da sua cidade. Da orquestra, vem o rufar dos tambores e sobe no palco uma senhora baixa e gorda, com o cabelo preso num coque e faixa tricolor no peito. Não posso acreditar!

No meio da multidão, reconheço Tommasino lá na primeira fila, ao lado do pai bigodudo. Então abro caminho até ele e digo:

— Vamos fugir, a Bonachona nos encontrou!

Ele não me escuta, porque a Bonachona pega o microfone e começa a gritar. Afirma que está muito contente com o convite, que no início, de fato, tinha algumas dúvidas sobre esse assunto dos trens, mas, agora que está aqui e nos vê gordos e bem-vestidos, também se sente um pouco comunista por devoção. Depois sorri com a boca desdentada, e começam os aplausos. A Bonachona baixa um pouco a cabeça e faz uma reverência, como uma cantora da festa da Piedigrotta.

Nesse meio-tempo, Derna chega até mim ao lado de Tommasino.

— Mas como ela nos encontrou? — eu pergunto.

— Fomos nós que a convidamos, para que todos entendam que vocês ainda têm mãos e pés e que ninguém foi mandado para a Rússia.

— Então ela não quer nos levar de volta? — pergunto por segurança.

Tommasino me cutuca com o cotovelo e passa o indicador sobre os lábios.

— A Bonachona fez bem de ter vindo! — ele ri. — Bigode está muito na moda aqui.

A Bonachona dá uma volta pela sala toda. O prefeito lhe oferece as especialidades da cozinha daqui. Ela come, bebe e fala sem parar. Vejo que se aproxima de cada uma das crianças para saber de que bairro vem, quem é a mãe, quem é o pai, como se sente, se vai à escola e assim por diante. Quase todas as crianças respondem a mesma coisa: que nos primeiros dias sentiam um pouco de saudade, mas que aos poucos foram se acostumando e que agora estão melhor do que antes, em suas casas. Eu e Tommasino vamos até ela e a puxamos pelo vestido.

— Dona Bonachona, dona Bonachona!

Ela não nos reconhece na hora, mas quando vê que somos nós, mostra-nos as suas gengivas.

— Dona Bonachona — digo —, a senhora viu? Aqui tem "dig-ni-da-de"!

Ela tenta me abraçar.

— Meu lindo, como você cresceu! Quando voltar, a sua mãe não irá te reconhecer. Venha aqui, me dê um beijo.

E eu sinto o seu lábio peludo na cara. Tommasino consegue escapar. Eu então pergunto sobre a minha mãe, a Encrenqueira e as pessoas do beco. A Bonachona fez tantos esforços para não nos deixar partir, e agora pode ser que, quando eu voltar, em vez da foto do rei com bigodinho na parede do seu quarto, eu encontre o retrato de Lênin.

No final da festa, tiram uma fotografia.

— Sorriam — pede o fotógrafo.

Mas a Bonachona ainda não está satisfeita.

— Esperem! — Ela se vira para nós e nos manda levantar as duas mãos. — Assim as más línguas não poderão mais dizer que cortaram as mãos de vocês!

Quando vejo a fotografia exposta na escola, estamos assim: dentes e mãos à mostra.

26

Derna tinha me prometido que iríamos no primeiro dia que o sol aparecesse. Esse dia é hoje. Acordamos tarde, porque é domingo. Abri os olhos, e pelas persianas entrava uma luz branca que listrava o lençol. Fui até a janela, os campos estão amarelos e o trigo está crescendo, mas ainda não ficou alto.

Na cozinha, encontrei Derna já pronta com um vestido claro bonito que eu nunca tinha visto. Ela está sempre de blusa branca e saia cinza, até mesmo aos domingos. Antes usava a preta, mas depois disse que o luto acabara e que era preciso tocar em frente. Eu vi o rapaz apenas uma vez na foto que Derna guarda escondida na carteira. Leva a fotografia sempre consigo e não mostra a ninguém. Ontem, porém, ela me mostrou. Disse que ele era corajoso. Um verdadeiro companheiro que morreu num combate contra os fascistas. Aí fechou a carteira e não disse mais nada. Hoje, porém, livrou-se das roupas escuras e pegou o vestido claro.

O rapaz da foto era magro, de cara alegre. Rosa comentou que pareço com ele. Diz que ele também tinha olhos azuis. Derna o conheceu numa reunião do partido. Ela discursava no palco, Rosa e Alcide escutavam sentados com os outros. A certa altura, entraram uns jovens que ficaram de pé junto à janela. Derna se virou para eles e o viu. Ficou um momento sem palavras, mas logo se recompôs e continuou com o discurso.

O rapaz estava apaixonado e queria se casar com ela depois do fim da guerra. Mas era mais novo que Derna, um ou dois anos, e os membros do Partido não queriam a sua união. Rosa diz que os companheiros do Partido, algumas vezes, são piores do que gente mexeriqueira. Falam de liberdade só por falar, mas de fato não querem que ninguém seja livre. Muito menos as mulheres. Derna sofria com isso.

Quando aconteceu a desgraça, ela se vestiu de preto e nunca mais tocou do assunto com ninguém. Jogou-se no trabalho e jamais voltou a sorrir. "E aí você chegou", disse Rosa. E me deu um beliscão no rosto, como faz com os seus filhos.

Derna ajusta o vestido claro nos quadris. Parece uma menininha, passou até um pouco de batom.

— Hoje todos nós vamos à praia. — E coloca numa cestinha os sanduíches com queijo e salame e uma garrafa d'água.

Ela separou para mim uma camisa branca de mangas curtas, bermuda azul-marinho e sapatos com furinhos, tudo novo. Não conto mais os pontos dos sapatos, porque aqui no norte todos têm sapato novo ou sapato pouco usado, e aí não é mais divertido. E depois, mesmo se chego até cem, não sei mais o que pedir: não me falta nada. Aí então me vem aquela vontade de correr. Corro pela cozinha, em volta da mesa, três vezes, quatro vezes e, por fim, vou para cima de Derna e a aperto com força. Ela cambaleia, perde o equilíbrio, e nós rolamos no sofá, mas eu não a solto, afundo a cara na sua barriga e aspiro o seu cheiro. Derna também não me larga, e ficamos abraçados no sofá, rindo como dois bobos com as nossas roupas de primavera.

Quando Alcide bate na porta com Rivo e Luzio, Derna pega a cestinha e, junto com Rosa, que está com o bebê no colo, vamos a caminho do bonde que nos levará ao mar. Durante a viagem, todos cantamos juntos com muita alegria.

Na praia, o sol é forte e o ar é quente. O mar está calmo e liso, parece penteado. Encontramos muitas das crianças que vieram no trem comigo. Tommasino, assim que me vê, começa a me dar banho de areia.

Mas Mariuccia não está. Tommasino diz que os seus novos pais querem ficar com ela para sempre.

— E o pai sapateiro? — pergunto.

Tommasino arregaça a calça e tira as meias. Ergue os olhos para o céu e diz que fazem um favor ao sapateiro se lhe tiram uma filha dos ombros. Eu olho para Derna, Rosa e Alcide. Sabe-se lá se vão querer ficar comigo para sempre.

— O meu pai daqui do norte diz que posso voltar para cá quando eu quiser — afirma Tommasino —, que a porta estará sempre aberta. Ele e a sua mulher irão passar as férias de verão lá no sul conosco. Continuarão a pensar em mim mesmo depois, eles vão me ajudar.

Eu tiro a calça e fico com o calção que Derna me deu, com listras brancas e azuis. Tommasino desata a rir.

— O que você está fazendo? Vai ficar de cueca na frente de todo o mundo?

— É um calção de banho.

— Mas você não disse que o mar não serve para nada?

— Quer ver?

Saio correndo e entro na água. A areia sob os meus pés é fria e mole, mas não paro, vou até a água chegar quase à altura dos joelhos. Está gelada, mas não quero dar a Tommasino a alegria de me ver parar. Vou mostrar para ele que sou como alguém daqui de cima, do norte.

Derna quando jovem sabia nadar muito bem. Ela me explicou como se faz para nadar, e eu tenho certeza de que conseguirei. Da areia, Tommasino pergunta:

— Ameri, aonde você vai?

Eu me viro, mas não recuo. Vejo Derna conversando com outras mulheres embaixo do guarda-sol.

— Derna, olhe para mim! — grito para ela.

Assim que ela se vira, eu mergulho. A água cobre a minha cara. Bato as mãos e os pés com toda a força, como ela me disse para fazer, e ponho a cabeça para fora. Mas depois sinto o gosto salgado que enche a minha boca e o meu nariz e fico sem fôlego. Afundo mais uma vez, mas não consigo ficar com os olhos abertos.

Não achava que a água do mar fosse assim. Parece leve, mas quando sobe até a nossa cabeça, fica muito pesada e empurra a gente para o fundo. À medida que vou afundando, lembro-me de novo das palavras de Derna e continuo a bater as mãos e os pés sem parar. Mas agora eles ficaram fracos. Consigo colocar de novo a cabeça para fora e vejo Tommasino chorando, com os cachos despenteados, do jeito que eram antes da brilhantina do papai do norte, e Derna que corre na areia, com o vestido claro se enroscando nas suas pernas. Não vejo seu rosto, porque não dá mais pé para mim, e a água entra nos meus olhos, mas tenho certeza de que está como naquela noite, depois da reunião com o figurão. Não consigo mais, estou indo para o fundo. Aperto os olhos e sinto o sal que me queima a garganta, não respiro.

Depois um aperto nos pulsos. São as mãos de Derna, que me agarram, não me soltam, lutam contra a força da água. O peso sobre a minha cabeça fica um pouco mais leve, assim como as manchas escuras que enxergo, e os braços de Derna, mais forte do que a força do mar, me puxam de volta à superfície. Em seguida, não vejo mais nada. O rosto da minha mãe Antonietta, a gargalhada da Encrenqueira e de novo nada.

Reabro os olhos, Derna aperta o meu peito, e a cada empurrão sai um pouco de água salgada da minha boca e do meu nariz. Em seguida, Rosa me aquece com a toalha de praia que trouxe para nos estendermos ao sol, e Alcide passa uma garrafa de vinagre sob as minhas narinas. Vejo Rivo e Luzio se aproximarem calados, enquanto Tommasino ainda chora, sem conseguir se acalmar.

Derna está com os cabelos molhados, e o batom saiu. Os seus olhos ficaram cinza da cor do mar.

— Não me deixe — digo a ela, apertando-a bem forte.

— Não vou te deixar — responde Derna. — Estarei sempre aqui.

De novo, no mesmo dia, nos vemos abraçados. Mas dessa vez sem rir.

27

Os campos estão amarelos, o trigo está alto, mas não tem sol nesta manhã, porque uma névoa esconde a estrada, e parece que não chegaremos nunca.

Rosa me deu um saquinho com os sanduíches e na mala colocou os *tortellini* e os potes de geleia de pêssego, ameixa e damasco que ela mesma preparou. Antes que eu partisse, fomos juntos até o forno, e eu a ajudei a tirar a torta de salame e queijo. Rosa embrulhou a torta com papel manteiga e depois com um pano de prato listrado de amarelo e branco.

— Isto é para você. — Em seguida, pegou o pão e o levou para casa.

Eles vão comer no almoço, sem que eu esteja.

Rivo e Luzio me esperam atrás do estábulo para gravarmos os nossos nomes na frente do refúgio de madeira. Cada um escreveu o seu. Depois, Rivo pegou o canivete para escrever embaixo BENVENUTI, com letras maiúsculas, e disse:

— Esta é a nossa casa.

Estranhei ver o meu nome junto com o sobrenome deles, mas fiquei feliz.

Alcide veio me chamar:

— Vamos, filho, senão vamos perder o bonde.

Rivo e Luzio vieram se despedir de mim.

— Esperem um minuto. — E corri para dentro da casa de Derna. Quando voltei, estendi a mão e falei para Luzio: — Isto aqui é seu.

Era a bola que eu pegara no primeiro dia.

Ele respondeu:

— Fique com ela. Sei que você vai trazer de novo para mim quando voltar, você não é um ladrão. — Depois sorriu e esfregou os olhos com a manga do casaco.

No bonde, Alcide fica calado, e Derna também. Depois do que aconteceu no mar, ela parou de usar o vestido claro e de sorrir. Para a partida de hoje, colocou de novo a blusa branca e a saia cinza. Também está tudo cinza lá fora; com a neblina dá para ver apenas algumas árvores que passam perto e as casas de cores mais escuras. No vidro, primeiro caem só uns pingos de água, um depois do outro, mas logo vem um temporal.

— Finalmente, um pouco de chuva — comenta Alcide —, depois do calorão dos últimos dias.

É a primeira vez que fala desde que partimos.

— A chuva é necessária para a vegetação. Às vezes as coisas parecem más, mas são boas. Não é verdade, Derna? O nosso Amerigo tornará a abraçar a sua mãe. Não há como não ficar contente por ele!

Ela não responde. Não quero vê-la triste. Mas tiro os sapatos, como na viagem de ida, e sussurro no seu ouvido:

— Vamos cantar a canção das mulheres?

Derna esboça um sorriso forçado e começa a cantar. A música, no entanto, sai verdadeira. Primeiro em voz baixa, mas depois, quando descemos do bonde, cada vez mais alto:

— Embora sejamos mulheres, medo não temos, pelo amor aos nossos filhos, pelo amor aos nossos filhos...

Cada vez que ela diz a palavra "filhos", aperta a minha mão da mesma maneira quando me tirou do mar. Alcide e eu fazemos igual, e vamos cantando os três a plenos pulmões pela rua, dentro da estação, de mãos dadas, eu no meio dos dois, até o trem, sem parar.

O TREM ESTÁ CHEIO DE CRIANÇAS, MAS MENOS DO QUE NA IDA. ALGUMAS ficaram com os novos pais aqui do norte, como Mariuccia, mas algumas voltaram, como Rossana, que não conseguiu ficar por causa da saudade e da raiva. No meio da multidão, vejo

Tommasino de cabelo alisado com brilhantina. O bigode do seu pai está mais comprido e enrolado para cima. A mulher de peito grande deu a Tommasino uma bolsa cheia de coisas para comer, como Rosa fez comigo. Alcide entra comigo na cabine e ajeita as bagagens, enquanto Derna segura a minha mão do lado de fora da janela. Não dizemos nada um ao outro. Continuamos a cantar a nossa música até que o trem começa a se mover, os dedos de Derna me escapam das mãos, e ela vai ficando cada vez menor até a sua camisa se transformar num pontinho branco.

E eu fico sozinho, no meio de todas as outras crianças.

— O QUE VOCÊ TEM? — PERGUNTA TOMMASINO. — JÁ ESTÁ COM SAUDADE?

Não respondo, me viro para o outro lado e finjo que estou dormindo.

— É natural — diz ele. — Agora estamos divididos em dois.

Não tenho vontade de conversar. Tommasino abre o seu casaco e me mostra um bordado feito pela sua mãe do norte. Dentro do forro, ela costurou dinheiro para ele voltar outra vez, se tiver vontade.

— Boa noite, Tommasi.

— Fique bem, Ameri.

Olho para ver se o violino continua no mesmo lugar onde Alcide colocou, sobre o porta-chapéus. Repito de memória os exercícios ensinados pelo maestro Serafini, assim vou poder praticar mesmo quando já tiver voltado lá para o sul; e vou pedir outros novos para Carolina me explicar. Talvez a minha mãe queira me mandar também para o conservatório quando descobrir como sou bom, e aí quando eu voltar para Módena, Alcide convidará o maestro Serafini para ir à oficina me ouvir tocar. Nesse meio-tempo, o bezerro Amerigo já terá crescido, terá se tornado um jovem touro, e eu ajudarei Rivo a levar água para os animais. Nario terá aprendido a andar e a falar, e iremos todos juntos ao refúgio escrever o seu nome ao lado dos nossos.

Porém, quando toco no forro do casaco, sinto que não tem nada, nenhuma costura secreta. Derna não colocou ali o dinheiro para a viagem de volta. E talvez, daqui algumas semanas, o bezerro nem se lembre mais de mim. Nem eles. Falarão de outras coisas, à noite, sentados à mesa da cozinha. Das novas crianças que chegaram, da vaca que está novamente grávida e sobre a escolha do nome do outro menino para o próximo bezerro.

Tudo o que eu tinha não tenho mais: o bolo de aniversário, o dez em matemática do professor Ferrari, os sinais com a luz pela janela, o cheiro dos pianos, o sabor do pão recém-saído do forno, as blusas brancas de Derna. Pego o violino no porta-chapéus, abro a caixa, passo os dedos sobre as cordas e leio o meu nome no forro: Amerigo Speranza. Penso em Carolina e no momento quando mostrarei o violino para ela e, com esse pensamento, a tristeza no peito se torna mais leve. E à medida que me afasto da vida de agora e me aproximo da vida de antes, os rostos de Derna, de Rosa e de Alcide se transformam nos da minha mãe Antonietta, da Bonachona e da Encrenqueira.

Tommasino tem razão. Agora estamos divididos em dois.

TERCEIRA PARTE

28

O trem entra na estação, eu me debruço na janela para procurar a minha mãe, mas ela não está. O cheiro da multidão entra no meu nariz, parece o do estábulo da Rosa, mas sem vacas.

Assim que descemos, Tommasino corre ao encontro de sua família de antes. Até ontem, eu o via abraçado com o seu pai bigodão e a sua mãe lá do norte, e agora nem se despede de mim e desaparece no meio de todo mundo, de mãos dadas com os seus irmãos verdadeiros e com dona Armida, sua mãe aqui do sul. Então, penso que para mim também, assim que encontrar de novo minha mãe, tudo o que aconteceu nos últimos meses vai desaparecer num segundo. Mas me dá vontade de subir de novo no trem e voltar para onde vim.

Pouco depois, por detrás de um senhor gordo com duas malas marrons, aparece minha mãe. Ela está com o seu vestido de sair, estampado de florezinhas, e tem o cabelo solto nos ombros. Ela não me vê, mas eu a vejo. Olha ao seu redor, assustada, igual quando contava a história do bombardeio, da morte da minha vó Filomena.

Corro o mais rápido que posso e abraço minha mãe por trás, enfiando meu nariz nas suas costas e apertando os meus braços em volta dos seus quadris. Mas a minha mãe pensa que sou algum malandro e me dá uma cotovelada na cabeça. Quando se vira, grita:

— Você quer me matar?! — Ela se abaixa e toca a minha cabeça, os meus braços e as minhas pernas para se certificar de que está tudo no lugar.

Os nossos olhares estão na mesma altura. Ela aproxima a mão da minha bochecha, como se fosse me fazer um carinho, mas não: é para arrumar o colarinho da minha camisa. Por fim, levanta-se, mede até onde eu chego e diz:

— Você encompridou. Erva ruim cresce...

Por todo o caminho de volta, só eu falo. A minha mãe caminha em silêncio e não me faz perguntas.

— Quando o bezerro nasceu, deram o meu nome a ele — eu conto para me fazer de importante.

— Era só o que me faltava! — ela diz. — Não bastava um, agora são dois animais com o mesmo nome. — E me dá um tapa de leve na cabeça.

De baixo, tento ver se está rindo. Parece que sim.

Continuo a contar da casa, da comida, da escola, mas ela não me ouve. É igualzinho quando alguém tem um sonho e acorda com vontade de contar, mas não tem ninguém que se interesse em saber. No entanto, não foi um sonho. A minha mala está cheia dos presentes que ganhei, o violino de Alcide no estojo, as roupas e os sapatos novos. Tudo de verdade.

Chegamos ao nosso beco. Faz muito calor, as mulheres abanam os leques para se refrescar. Minha mãe abre a porta e coloca a mala no chão. Fico com o violino, não sei onde colocá-lo. Não tenho um quarto só para mim, nem tenho cama. Olho embaixo da cama da minha mãe, onde ficavam as coisas do Cabeça de Ferro, e não há mais nada ali. Minha mãe diz:

— O Cabeça de Ferro foi embora.

— A polícia o levou?

— Foi embora com a mulher e os filhos, eles têm casa em Afragola. De agora em diante, eu e você teremos de nos virar sozinhos. — Coloca em cima da mesa um copo de leite e um pedaço de pão duro de ontem. — Quer comer alguma coisa? A viagem dá fome.

Isso é o que eu comia antes de partir, mas agora me parece uma coisa improvisada. Sim, a minha vida ficou limitada de novo.

Abro a mala e tiro os potes de geleia, o queijo mole e o curado, o presunto e a mortadela, a torta de salame embrulhada no pano de prato listrado de amarelo e branco, que ainda cheira à cozinha de Rosa, a massa fresca feita ontem de manhã: eu ajudei Rosa a quebrar os ovos e a amassar, quando o branco da farinha subiu até os cotovelos. Parece que passou um ano, não apenas um dia.

Arrumo tudo em fila como para uma festa; quase não tem lugar em cima da nossa mesa. A minha mãe toca e cheira tudo, como faz no mercado para ver se as coisas estão frescas.

— Olhem só, agora são os filhos que trazem comida para as mães.

Mergulho o pão no copo de leite e depois passo um pouco da geleia da Rosa.

— Experimente, é feita da fruta das árvores deles.

Minha mãe faz que não com a cabeça.

— Coma você, não estou com fome. — E ela tira da mala as roupas, os cadernos e os livros da escola, a caneta e o lápis. — Antes você já era o Nobel. Agora, lá no norte, fizeram de você um maestro. — E aponta para o violino.

Minha mãe abre o estojo, e eu sinto o cheiro de madeira e cola da oficina de Alcide.

— Foi o meu pai lá do norte quem fez o violino. No forro está escrito o meu nome, está vendo?

— Não sei ler.

— Quer ouvir como eu sei tocar?

A minha mãe olha para cima.

— Escute bem, você só tem um pai, e ele foi embora para fazer dinheiro. Quando voltar muito rico, você é quem irá levar presente para os outros, e não precisaremos mais pedir esmola a ninguém.

Ela tira o violino das minhas mãos e o observa como se fosse um animal estranho que poderá morder a qualquer momento.

— Enquanto isso, temos de nos virar sozinhos. Falei de novo com o sapateiro, ele vai ficar com você na sapataria. No começo, você aprenderá a profissão; depois, com o passar do tempo, quando você já tiver aprendido e souber trabalhar, ele começará a pagar algum dinheiro...

Penso como gostaria que o sonho não fosse a vida de antes, mas sim este momento agora e que, de repente, vou acordar na minha cama na casa da Derna, com a luz que desenha listras no lençol – aquilo poderia ser a realidade.

— O professor Ferrari diz que tenho jeito para matemática...

— E esse seu professor diz também que ele é quem vai nos mandar dinheiro para viver? — ela me repreende. — Você explicou a esse professor que a sua mãe não rouba, que aqui as pessoas são honestas?

Ela dá uma volta pela sala e tira do caminho tudo o que eu trouxe. As roupas, os cadernos, as comidas. Não consigo ver aonde tudo foi parar.

— Isso não será mais útil para você — diz.

O violino, o estojo e o meu nome no forro desaparecem debaixo da cama. Não falo nada, coloco a mão no bolso e giro a bola de Luzio entre os dedos. É o que me resta.

29

— Dona Antonietta, bom dia! — A porta se abre e a Encren-queira entra com o seu sorriso largo. — Posso levar esse menininho um pouco lá para casa? Quero ver se ele ainda se lembra de como se faz a fritada de cebola ou se esqueceu.

— Pode ser, porque ele se esqueceu da mãe lá no norte. Não me deu nem um sorriso desde que pôs os pés aqui dentro. Agora só se interessa pelo violino e pela subtração.

— Mas o que é isso, dona Antonietta? É dengo de criança, logo passa. Uma pessoa pode se esquecer da mãe? — E pisca o olho para mim. — Venha comigo que vou refrescar a sua memória com um pouco de água e Idrolitina.

Na casa dela, tudo continua igual.

— A caixa com os meus tesouros ainda está lá? — E aponto para a lajota onde a enterrei.

— Ninguém pôs a mão nela — responde a Encrenqueira, colo-cando a Idrolitina na água para virar gasosa.

Ficamos um pouco em silêncio. Não é ruim.

— A minha mãe não gosta mais de mim — digo, um pouco depois. — Primeiro, me fez ir lá para cima, no norte, e agora está brava comigo. Eu quero voltar para lá, onde cuidam de mim e me dão carinho.

— Rapaz — começa a Encrenqueira enquanto corta as cebo-las —, a sua mãe nunca recebeu carinho de ninguém, por isso não tem carinho para dar. Por muitos anos, ela cuidou de você. Agora que está grande, é você quem precisa ajudá-la. A vida tirou tantas coisas de nós, de todo mundo... Tirou um filho da sua mãe e tirou Teresinella de mim.

Eu ouvi falar dessa história no beco, mas a Encrenqueira nunca comentara nada comigo, até agora.

— O que houve? — quero saber.

— Ela estava com dezesseis anos, era filha de uma irmã minha que já tinha outros quatro. Por isso, Teresa veio ficar comigo. Eu a criei como filha. Teresa era bonita e muito esperta. Depois do cessar-fogo, acabou se metendo com os *partigiani*, os membros da Resistência, e acabou se apaixonando por um deles. Andava para cima e para baixo levando informações. Durante uma operação, ela pegou a pistola de um soldado alemão morto. Morto, nem parecia alemão, ela dizia. Morto, nem parecia morto. Parecia só loiro e adormecido. Teresa não disse a ninguém que pegou a pistola, senão os homens a teriam tirado dela. Só eu sabia da história da arma. Aconteceu em 27 de setembro de 1943, no dia do ataque à fazenda Pagliarone. Teresinella havia saído cedo naquela manhã. Quando me dei conta, corri para procurá-la por toda a cidade e acabei sabendo que, no alto da colina do Vomero, havia barricadas. Quando cheguei lá, dava para sentir o cheiro de queimado de pólvora. Procurei Teresinella por todo lado, mas o céu estava cinzento por causa da fumaça e não dava para ver nada. E, de repente, levantei os olhos e a vi com a pistola na mão, atirando escondida detrás de um abrigo junto com outros homens. A cada disparo, o corpo dela tremia todo, mas, mesmo assim, ela não parava. Gritei: "Desça daí! Desça daí!". Teresa me olhou e sorriu, mas não desceu. Continuou no meio dos homens, atirando e tremendo. E, então, veio o último disparo, o mais forte. Teresinella não tremeu nem se mexeu mais. Dali a dois dias, os alemães foram embora. A cidade se libertou sozinha. Mas Teresa nunca ficou sabendo.

As cebolas na tábua foram cortadas em pedaços bem pequenos, e os olhos da Encrenqueira se encheram de lágrimas. Ela pega a toalha xadrez verde e os guardanapos. Entre nós dois, dá para escutar somente o barulho dos talheres nos pratos e dos copos.

Quando volto para casa e abro a porta, a minha mãe, que estava dormindo, acorda de repente.

— Ah, é você! Venha aqui, venha se deitar do meu lado...

Eu me deito na cama. São três da tarde, a minha mãe já está de camisola. Tem os olhos cansados, mas mesmo assim está bonita; aliás, mais bonita que antes. O cabelo bem preto ficou comprido e brilhante, e a boca continua de um cor-de-rosa escuro, mesmo não estando de batom, porque ela nunca teve um. Penso em Derna e no seu cabelo loiro de algodão.

A minha mãe põe a cabeça no travesseiro. Aí, passa a mão no meu cabelo. Eu me aconchego ao seu lado e volto a sentir o seu cheiro. E me lembro de que sentia falta dele.

Adormeço e sonho com Derna. O dia que passamos na praia, a areia que gruda nas pernas, e a água que no começo parece leve, mas, de repente, fica pesada e me puxa para baixo. Olho para a praia, todos foram embora: Alcide, Rivo, Luzio, Tommasino. Só Derna ficou. Estou quase afundando, e ela acena para mim. "Socorro, estou me afogando, venha me pegar!" Ela me olha com o seu cabelo loiro desarrumado. Não consigo perceber se está sorrindo ou chorando. No fim, porém, ela se vira e vai embora também.

Acordo todo suado. A minha mãe ainda dorme.

30

Não andamos mais do mesmo jeito que antes, a minha mãe na frente, eu atrás. Agora ando só. Algumas vezes com Tommasino.

A vida voltou ao normal, mesmo que nada mais seja como antes do trem. O verão quase terminou, mas ainda faz muito calor. De manhã, vou à sapataria do pai de Mariuccia. Estou aprendendo a usar a cola e as *semenzelle*, uns pregos muito pequenos usados para pregar a sola que deixam os dedos marcados. Os calos do violino, por sua vez, desapareceram.

Os irmãos de Mariuccia olham feio para mim: o trabalho já é pouco, e agora estou lá para dividir o pouco com eles. Vez ou outra chega uma carta de Mariuccia, cheia de palavras compridas e mal escritas. O pai sapateiro não sabe ler. Nem abria as primeiras correspondências; depois começou a pedir para que eu lesse para ele. Eu gostava, porque queria saber como Mariuccia estava e também para me lembrar das coisas que eu costumava fazer.

Porém, cada vez que eu abria uma carta, a voz de Mariuccia ficava mais distante. Ela escrevia porque tinha de escrever, mas agora já não pensava mais em nós. Eu me sentia triste, então parei de ler as cartas, dizendo que estava com dor nos olhos de tanto ler, e talvez até fosse verdade.

A minha mãe retomou as suas costuras e faz pequenos consertos para as senhoras da rua Roma e do Rettifilo. Quando ela está ocupada com o serviço, vou para a casa da Encrenqueira. Mas lá também é muito quente. Então chamo Tommasino, e nós saímos para perambular pela cidade, vasculhando a sombra nos

CRIANÇAS DA GUERRA   155

becos, indo à capela do príncipe de Sangro, nos enfiando no meio das bancas do mercado, passando em frente ao conservatório.

Conheci Carolina lá mesmo, num dia em que eu estava sentado nos degraus para ouvir música. Veio um vigia e me mandou ir embora, achando que eu queria roubar algum instrumento para vender aos americanos. Ele disse que uma flauta e um clarinete já tinham desaparecido. Eu estava quase chorando de vergonha. "Não sou ladrão!", gritei. Naquele exato momento, ela saiu pelo portão e, mesmo sem me conhecer, disse ao vigia que eu era seu primo e que estava esperando por ela. Ele se afastou, fazendo cara feia para mim e dizendo que, de qualquer maneira, lá fora eu não podia ficar.

Carolina sorriu para mim.

— Então o que você está fazendo aqui? É verdade que rouba instrumentos?

— Claro que não! Venho para escutar música e reconstruir os trechos na cabeça.

Ela começou a me levar para dentro do teatro grande, onde um parente seu que era porteiro a deixava ver os ensaios e, algumas vezes, até assistir aos espetáculos. Nós nos escondíamos no camarote número 1, e eu sentia o seu perfume de violeta enquanto os músicos afinavam os instrumentos. Depois, com o escuro e com o silêncio, o maestro fazia dois círculos com os braços, parecendo acariciar a orquestra. Aí cada um começava a tocar sozinho, mas a música nascia do conjunto.

Desde que voltei do norte, vez ou outra fico plantado lá na frente do conservatório, no mesmo horário, mas a Carolina nunca sai.

Um dia encontrei uma amiga dela que me disse que ela não ia mais ao conservatório – o pai ficou desempregado, e ela e os irmãos, depois da escola, tinham de trabalhar. Perguntei à garota se sabia onde Carolina morava. Parece que na rua Foria, mas não tinha certeza. Então, certa tarde, eu e Tommasino percorremos toda a rua Foria, para cima e para baixo, sob um sol de rachar. Mas nada, não a encontramos. Voltamos para casa. Passamos na casa da Bonachona, vimos que o retrato do rei de bigodinho não estava mais lá, nem o do companheiro Lênin, e nos lembramos do dia quando a vimos no palco de madeira com a faixa tricolor. Mesmo sem dizer nada um ao outro, fomos andando até a estação pelo Rettifilo. Às vezes ficávamos em silêncio; outras nos lembrávamos das coisas de lá de cima, do norte.

Éramos agora como o Trombeta, o bobo ferido de guerra que passava o dia na praça Carità. Ele fora atingido na cabeça por um estilhaço de granada e, depois que voltou, contava sempre as mesmas histórias todo santo dia, só que ninguém mais queria ouvir. "Chega", diziam, "já perdemos a guerra, e agora você quer nos fazer perder o sossego também?" Comigo e com Tommasino era a mesma coisa, só que para nós a guerra começava agora. Quando chegamos, todos quiseram saber onde estivemos, que língua eles falam, o que comiam, se fazia frio lá em cima. Com o passar do tempo, no entanto, quando nos viam chegar começavam a caçoar: "Aqui estão os dois setentrionais!". Desse modo, só compartilhávamos um com o outro as nossas recordações, a caminho da estação.

Sabíamos de cor todos os horários e as plataformas. Sempre que parte um trem para Bolonha, observo as pessoas que sobem, com malas cheias e rostos um pouco cansados e me lembro dos casacos jogados pela janela, da maçã no bolso da calça e da minha mãe, que diminuía na plataforma. Penso em quando nós estávamos na cabine: eu, Tommasino, Mariuccia, o loiro sem dentes, o baixinho, as crianças que tinham medo de ir para a Rússia e as outras que não sabiam o que faziam no trem.

— O seu pai bigodudo costuma te escrever? — pergunto a Tommasino à espera de um não. Nunca chegou uma carta para mim. Derna disse que ia mandar uma por semana, mas já se passaram mais de três meses e nada.

— Sempre — responde Tommasino todo contente. — Manda também alguns pacotes com óleo, vinho, salame. As coisas que eles fazem lá. E fotografias de todos eles. Para você nada ainda?

Dou de ombros e não respondo.

— A minha mãe, a cada duas semanas, vai pegar as cartas e os pacotes na casa de Maddalena, nunca deixam de nos enviar...

— Tommasi, vamos subir no trem agora já! Nesse que está saindo. Chegamos a Bolonha, lá pegamos o bonde para Módena e tudo fica como antes!

Tommasino fica na dúvida: estou falando sério ou brincando?

— Deixa de história, Ameri... — ele diz. — A gente pede duas liras para a Bonachona para comprar uma *sfogliatella* e divide na metade, um pedaço para cada um.

Ele se vira e se encaminha para a saída da estação. Eu ainda fico um pouco ali, olhando para o trem até que pare de apitar.

31

*A*ndo sozinho pelo Rettifilo, olhando para os sapatos. Estão todos velhos, arranhados, furados ou com a sola refeita. Desde que passei a trabalhar na sapataria, vejo sapatos todos os dias, os sapatos das pessoas. Alguns estão gastos na ponta, outros com o salto quebrado; este com o cadarço partido, aquele com a forma do pé da pessoa que os calçava. Para cada par, um pobre coitado; para cada buraco, um escorregão; para cada rasgo, um tombo. Não é mais uma brincadeira.

Os meus sapatos me machucam. Alcide me comprou calçados novos, mas agora eles apertam no calcanhar. Ainda estão novos, mas os pés cresceram e não cabem mais neles. No meio da rua, puseram as lampadazinhas da festa de Pedigrotta. Um grupo de rapazes com tambores caminha atrás de mim, cantando as canções que irão participar da competição deste ano. Do outro lado da calçada, cinco ou seis moças vestidas de camponesas começam a cantar atrás deles. Eles mandam beijos para elas, as moças riem e se viram para o outro lado, fingindo que não viram nada. Há também as bancas com os salgadinhos e os tremoços. As crianças vestidas com a melhor roupa que têm caminham no meio dos pais e, à medida que vou indo para a frente no Rettifilo, encontro cada vez mais gente, como naquela manhã em que a minha mãe me levou à estação. A multidão me empurra para lá e para cá como um animal desgovernado.

No norte, na terra de Derna e de Rosa, nunca vi tanta gente assim no meio da rua. Não estou mais acostumado, agora experimento uma sensação desagradável. Muita gente tem o rosto pintado ou usa máscara. Corro até a esquina com a rua Mez-zocannone e subo até a praça San Domenico Maggiore, longe da confusão.

E caminhando, caminhando sem saber muito bem para onde, me vejo na frente do conservatório. O violino está debaixo da cama, mas nunca mais pus as mãos nele. Os meus exercícios causam dor de cabeça na minha mãe.

A música sai pelas janelas abertas por causa do calor. O ar está parado e dificulta a respiração. Sento-me nos degraus e fecho os olhos. De repente, ouço me chamarem de longe:

— Amerigo! Amerigo, é você? — Carolina atravessa a rua correndo, sem o estojo do violino, e logo o seu perfume de violetas chega até mim. — Você não veio mais me esperar depois das aulas. Fiquei preocupada...

Ela me olha como se eu fosse um fantasma vindo do além; e talvez seja isso mesmo.

— Fui para um lugar muito distante, Carolina.

Ela também cresceu, já está quase adulta.

— Um lugar bonito?

— Lá me ensinaram também a tocar violino. Eu podia escolher um instrumento para aprender e... pensei em você.

Carolina vira a cabeça para o outro lado. Talvez não queira mais ser minha amiga, penso. Mas não, é só tristeza.

— O meu violino agora está no penhor, Amerigo. O meu pai perdeu o emprego, e somos quatro irmãos. Temos de nos virar. Se eu fosse você, teria ficado lá, no lugar bonito.

— Você pode tocar no meu, e você, em troca, me dá aulas. O que acha?

Primeiro, veio o seu perfume; e agora o beijo no rosto.

Caminhamos na direção da minha casa. O vento sopra de leve e, às vezes, em ondas, sinto de novo o cheiro de violetas e uma comichão na barriga.

— Você nunca mais entrou no teatro? — consigo perguntar a ela enquanto caminhamos.

— Algumas vezes, mas não foi bom como antes. Eu achava que nunca mais entraria lá.

Pela Toledo tem mais gente que antes, que segue na direção da praça do Plebiscito para ver a igreja coberta de luzinhas e os carros alegóricos prontos para o desfile. A Bonachona me disse que muitos deles ficaram estragados por causa da chuva, sobraram apenas quatro, e um dos que resistiram, que se chama Norte-Sul, foi encomendado pelo comitê de ajuda às crianças dos operários da siderúrgica Ilva para celebrar nossa viagem de trem.

Há tanta gente que a rua Roma parece mais estreita do que um beco. Pego na mão de Carolina e começo a subir pelas ruas dos bairros com medo da gente se perder. Abro a porta – minha mãe não está. Carolina entra depois de mim, olha em volta e não diz nada. Não sei como é a casa dela. Eu queria dizer para ela que na casa de Derna tinha um quarto só para mim, e que da janela dava para ver os campos. Mas fico quieto e me agacho ao lado da cama. Estico-me no chão e, depois de tanto calor, sinto um frescor que se alastra por todo o meu corpo. Estendo os dois braços. Nada. Saio de debaixo da cama, acendo a luz e olho mais uma vez. O meu violino não está lá; não há mais nada lá.

— Talvez a minha mãe tenha mudado o violino de lugar — digo, envergonhado —, para não estragar.

Finjo procurar na sala. Em seguida, me agacho de novo do lado da cama.

— Está ficando tarde, Amerigo, preciso ir. Você me mostra outro dia.

Penso no momento em que tive nas mãos o embrulho de papel colorido, abri o estojo e me subiu até o nariz o cheiro de madeira e de cola. Não era como a da sapataria de Pizzofalcone. A oficina de pianos e a sapataria não são a mesma coisa. E, então, me vem à mente o momento em que Derna tirou da bolsa a carta da minha mãe, pela qual eu tanto esperei e que ela pedira a Maddalena que escrevesse; e também as palavras de Tommasino, as cartas e os pacotes que lhe chegam duas vezes por mês.

Enxugo as lágrimas e saio correndo para o beco.

32

Maddalena mora nos lados de Pallonetto, em Santa Lucia. No meio da rua, cinco ou seis meninos correm um atrás do outro. Eu também era como eles, antes de subir no trem.

— Vocês sabem onde é a casa da Maddalena? — pergunto ao maior deles.

— Quem? Aquela comunista? — O garoto chega perto de mim e me olha com raiva.

Não me mexo e, num segundo, ele está quase em cima de mim. Um outro, menor e com uma mancha vermelha no rosto, fica às minhas costas. O maior me pega pela camisa e me empurra tão forte que eu caio no chão. Tento me levantar, mas eles são cinco e não deixam.

— Você é um daqueles do trem? — o maior quer saber.

Não respondo.

— Todo dia vem um aqui. Pegam as cartas com ela e voltam para casa com pacotes de comida. Descobriram uma mina de ouro!

— Estamos aqui por causa disso — diz o baixinho com a mancha na cara.

O maior olha para ele, que se cala.

— Esta rua é nossa. Quem passa por aqui tem de dar as coisas para nós. Isso vale para você também — afirma o manda-chuva e, com um chute, me joga de novo no chão bem quando eu tentava me erguer. — Entendeu? Sim ou não?

— Para mim não mandaram nada mesmo — respondo, e é verdade.

— Veremos quando você sair. — E o mandão faz sinal de que posso me levantar. — Anda, vai lá na casa da comunista, a gente fica aqui.

Saio correndo e, quando encontro a casa com a plaquinha "Criscuolo", subo as escadas apressado e bato na porta. Os passos de Maddalena se aproximam e, assim que ela abre uma fresta, entro voando, com medo de que os meninos lá de baixo tenham me seguido. Ela não diz nada, olha para mim e sorri.

— Sou Amerigo, o que ficou por último.

— Eu sei. Sente-se.

Acomodo-me numa poltrona com os braços gastos. Mas por que vim até aqui? Essa aí nem sequer se lembra de mim e, quando eu descer, os meninos lá embaixo ainda vão me encher de pancada.

Maddalena vai para a outra sala e volta com um monte de papel. As cartas estão dentro dos envelopes, com o selo em cima.

— Aqui estão. Todas elas.

Eu a encaro sem dizer nada.

— Há três meses que te espero. Andou muito ocupado?

— Você estava esperando por mim? Para quê? — Não entendo mais nada.

— Pelo menos uma resposta por educação. Eles cuidaram e trataram de você como um filho e continuam a te escrever. A sua mãe me disse que quem viria pegar as cartas seria você, mas parece que agora que a festa acabou, deixa para lá e não se fala mais nisso.

Ela me dá o monte de cartas. Nelas, estão todas as palavras de Derna, de Rosa, dos irmãos lá de cima, de Alcide. Explodem na minha cabeça as vozes, os rostos, os cheiros, tudo. Levanto-me de repente, e as cartas caem no chão.

— Mandaram também pacotes com comida, mas ninguém veio buscar, então dei a quem precisava. Uma pena!

Não consigo falar, sento-me no chão, pego um dos envelopes com o nome "Derna" escrito com aquela letra pequenina e comprida que ela tem e o aperto tanto que rasga num dos lados. Depois, fico de pé e enfio o envelope no bolso. Maddalena se aproxima e tenta me fazer um carinho, mas eu afasto a cabeça. Não sou mais aquela criança que estava no trem naquela manhã de novembro.

— Ela não disse nada a você... — Maddalena, finalmente, compreende.

Se eu ficar aqui mais um pouco vou começar a chorar, e não quero chorar.

— Sem problemas, Amerigo, isso não é nada. Tudo se ajeita. Agora vamos pegar caneta e papel para responder, está bem?

— Minha mãe é má. — E fujo.

As cartas eu deixo lá. Não quero mais lê-las. Não há o que responder. Talvez seja melhor mesmo assim — que se esqueçam de mim e eu deles, e que mudem o nome do bezerrinho Amerigo. A minha mãe fez bem. O que eu tenho a ver com eles agora? Os pianos, o violino, o estábulo, os festejos, a massa fresca com farinha e ovos, o diretor Lênin, os sinais da janela, o professor Ferrari, a caneta vermelha e a caneta azul, o casacão, o alfinete vermelho espetado no casacão, as letras no espaço pequeno e no espaço grande entre as linhas do caderno. Todas essas coisas não podem caber naquelas folhas de papel com selo em cima.

Quando chego lá embaixo, no prédio, mostro as minhas mãos para os meninos.

— Estão vazias, vejam — falo para os cinco ou seis que me esperavam. — Volto como vim. Não tenho nada. Estou igual a vocês; pior do que vocês.

33

Em casa, minha mãe tinha feito macarrão com azeitonas pretas e alcaparras, de que eu gostava tanto antes de partir. Jogo-me na cama.

— O que houve? Não está com fome?

Não conto a história das cartas. Não estou com raiva dela, mas passou o meu apetite, apesar de eu estar de jejum desde de manhã. Ela se senta na cama comigo, como Derna fazia todas as noites.

— Você está bem? — Ela encosta a mão na minha testa. — Não está com febre, mas um pouquinho pálido. — E olha para a foto do meu irmão mais velho em cima do criado-mudo. — Você está ficando muito magro. Vá sentar-se à mesa. Aqui está o seu prato, venha.

— Cadê o meu violino? — pergunto sem sair da cama.

Minha mãe não responde. Apenas comenta:

— Venha, vai esfriar.

Não me mexo.

— Quero saber onde foi parar o meu violino — a minha voz treme.

— Não se come com o violino. O violino é para quem já tem como viver.

— Era meu. Onde está?! — dessa vez eu grito.

— Está onde deve estar — ela afirma com calma, embora eu tenha gritado. Depois, se levanta da mesa, atravessa a sala e vem se sentar de novo perto de mim. — Com o dinheiro do violino, comprei comida e sapatos novos para você. Os seus pés crescem como erva daninha, e eu guardei uma parte para uma emergência. Pode acontecer de tudo com a gente. — Olha de novo para o criado-mudo com a imagem daquele menino de cabelo bem preto como ela.

Em seguida, a minha mãe faz uma coisa que jamais tinha feito: aproxima-se ainda mais de mim e me aperta forte com os dois braços. Sinto o seu cheiro no rosto, no nariz, nos olhos. É quente, muito quente e muito doce. Cerro as pálpebras e prendo a respiração.

— Você tem de acordar desse sonho, a sua vida está aqui. Você perambula o dia inteiro por aí como um desajustado, pensando naquele lugar, com a cara transtornada. Mas agora chega. Quer ficar doente também? — Ela me encara. — Fiz para o seu bem.

Livro-me do seu abraço e me levanto da cama. Ela sabe o que é bom para mim? Ninguém sabe! E se o bom para mim fosse ter ficado lá em cima, como fez Mariuccia, e não voltar mais? E se fosse não ter ido e ter ficado aqui, na minha casa? Ou aprender música e tocar no teatro? Eu queria dizer tudo isso, mas a única coisa que me vem à cabeça é o meu violino, com meu nome no estojo, que nunca mais terei.

— Você é uma mentirosa...

Não consigo terminar a frase: o tapa chega tão forte e certeiro que a língua fica presa no meio dos dentes e, por causa da dor, não consigo continuar a falar.

34

Saio de casa e corro pela rua. Vou pelos becos para não ser arrastado pela multidão. Corro com os sapatos velhos de Alcide que me apertam nos calcanhares. Vou adiante sem me virar para trás. As músicas da festa chegam da praça do Plebiscito. Escureceu e as luzinhas da rua estão acesas, mil lampadazinhas coloridas contornam o perfil das paredes e das janelas. Parece uma cidade feita de estrelas num céu muito, muito escuro. Eu queria me perder no meio dos becos, mas conheço estas ruas como a palma da minha mão, casa por casa, portão por portão. Sigo as luzes e corro. Pego a viela Figurella em Montecalvário, viro na rua Speranzella e me vejo no beco Ter Re, na rua Toledo, na frente da igreja de Santa Maria Francesca, onde está a cadeira milagrosa da santa. Eu e Tommasino viemos muitas vezes aqui para escutar as histórias, mas nunca entrei na igreja.

As histórias eram sempre as mesmas. Mulheres vindas de todos os cantos da cidade, e até de fora, para pedir o filho que não chegava, acompanhadas das mães ou de outra mulher da família, uma irmã, uma cunhada, a sogra. Mulheres pobres e mulheres ricas sem diferença. Para uns, tanta coisa; para outros, nada, eu ficava pensando. Para a minha mãe, que morre de fome, veio o meu irmão Luigi e, pouco depois, eu também, mas nenhum marido. Para essas senhoras de vestidos coloridos e sapatos brilhantes, com marido e tudo, nem sequer um filho. Se houvesse justiça, como sempre diz a Encrenqueira, só teriam filhos aqueles que têm condições.

CRIANÇAS DA GUERRA   169

Fora da igreja de Santa Maria Francesca há uma fila de mulheres mesmo a esta hora. Uma freira idosa, com o rosto pálido e magro, se aproxima. Penso que ela quer me mandar embora, mas não: pega na minha mão e me leva para uma salinha que tem cheiro de sopa requentada. Manda que eu me sente à mesa onde já estão outras crianças.

— Coma. — Ela me confundiu com um dos meninos do refeitório dos órfãos.

E eu, esta noite, me sinto igual a eles, sem pai e sem mãe, por isso tomo a sopa, como o pão, os tomates e a maçã. Quando terminamos, a freira idosa vai para outra sala e se senta num banquinho de frente para a cadeira onde se acomodam as mulheres que querem receber a graça de um filho. Segura a mão de cada uma delas e, com a outra, faz um sinal sobre a barriga, bem no lugar onde a criança será gerada. As mulheres fazem uma oração, agradecem à freira e vão embora.

Quando saio da igreja, está ainda mais escuro, e não há ninguém na rua. Os poucos que ainda circulam vão para a Mergellina para ver os fogos de artifício e ouvir as músicas.

Sabe-se lá o que Derna deve estar fazendo a essa hora. Talvez caminhando por uma rua silenciosa, onde dá para ouvir o barulho das cigarras. Ou pondo a mesa para o jantar. Ou acabou de chegar de um encontro com as operárias da fábrica e passou para comer na casa da Rosa, com os pratos cheios e todas as luzes acesas. Enfio a mão no bolso e toco a sua carta. Sinto aquela tristeza enorme, mais forte que nunca. Então dos becos desço pela rua Roma, que agora está deserta. Os sons chegam de longe confusos, gritos, cantos, música, tudo fora do tom como um instrumento desafinado. Seria preciso Alcide para afiná-los. Depois, uma explosão atrás de mim. Fico com as pernas moles, porque me lembro do barulho das bombas que caíam do céu que brilhava por causa do fogo da guerra e não por causa das luzinhas, e as explosões não eram dos trique-traques, mas das granadas lançadas pelos aviões. Corro muito rápido, mas os sapatos me machucam; então paro, me viro e vejo todos chegarem.

Os carros alegóricos começam a desfilar pela cidade, com todo o mundo atrás. São enormes e brilham no escuro. Fico encantado quando vejo os carros, à medida que vão se aproximando tornam-se cada vez maiores, como os trens que entram na estação. E o primeiro carro alegórico é justamente um trem, com a locomotiva e os vagões cheios de crianças que gritam e mexem os braços e as mãos. É o carro construído pelo Comitê, as crianças se parecem conosco, só que não somos nós naquele trem, que parece de verdade, mas não é. Aquilo tudo é uma ficção, e eu não acredito mais em mentiras. Por isso me viro para o outro lado, tiro os sapatos e corro para o Rettifilo.

35

O trem de verdade se encontra na estação, o mesmo que peguei da primeira vez, mas sem crianças dentro. Está tudo em silêncio, e ninguém corre para a frente e para trás. Há muitos homens com malas e algumas famílias que viajam juntas. E eu. Não dá mais para ouvir a música dos carros alegóricos e as explosões da festa. As pessoas que partem a essa hora não têm vontade de festejar.

Passa um bilheteiro pela plataforma, pergunto a ele se o trem vai partir. Ele diz:

— Claro que vai ou você acha que estão aqui porque são bonitos?

Depois quer saber o que estou fazendo aqui, e eu lhe respondo que preciso ir para Bolonha com a minha mãe, o meu pai e o meu irmão mais velho, Luigi, para encontrar uma tia, e eles me mandaram perguntar se aquele era o trem certo. O homem tira o quepe e enxuga o suor com a manga do uniforme.

— Preste atenção, garoto, à noite a estação não é muito bem frequentada. Vou levar você até a sua mãe.

Vejo uma mulher lá no fundo da plataforma.

— Ela está ali. — E finjo correr na direção dela. Quando paro, vejo que o cobrador já foi para outro lado.

Calço de novo os sapatos, mesmo me machucando. Aproximo-me da mulher que não é minha mãe e espero as portas se abrirem. Subimos juntos, depois ela procura o seu lugar, e eu vou dar uma volta pelas cabines. Não sei onde me sentar; tenho medo de que aquele bilheteiro ou outro cobrador me descubra e me faça descer. A mulher tem dois filhos, um menino e uma

CRIANÇAS DA GUERRA   173

menina, deitada no carrinho, um pouco mais nova. O menino não consegue manter os olhos abertos e dorme com a cabeça apoiada nas pernas da mãe. Sento-me na frente deles e grudo o meu rosto na janela. O vidro é frio e liso. Gosto do frio no rosto. Amanhã, quando já tiver chegado, também dormirei ao lado de Derna, que me contará uma história e me explicará as coisas das trabalhadoras. Nós cantaremos juntos, e ela me levará à praia, mas dessa vez não irei longe. Não vou me perder no meio das ondas. Dessa vez, não.

A mãe diante de mim tira o tricô da bolsa e, ponto a ponto, vai fazendo um cobertorzinho de algodão cor-de-rosa que apoia nas costas do filho, que dorme. Lembro-me de quando a minha mãe me deu de presente a caixa de costura velha que escondi na casa da Encrenqueira. Devem estar me procurando por terra e por mar, sem me encontrar em lugar nenhum.

O chefe da estação assobia, fico de pé e olho pela janela.

— Aonde você vai sozinho? — quer saber a senhora com as duas crianças. — Fugiu de casa?

Eu queria confessar a ela a verdade, descer do vagão e voltar para casa. Mas onde é a minha casa?

O trem começa a se mover bem devagar. As cartas da Derna, não vou recuperar mais; o estojo com o meu nome dentro, não vou recuperar mais; o meu violino, não vou recuperar mais. Mas se conseguir chegar até o fim da viagem, talvez eu possa ter um outro.

Então me sento de novo e tento inventar uma mentira. Penso no refeitório dos órfãos na igreja da santa e falo de repente:

— A minha mãe morreu.

A minha língua arde de vergonha, mas não paro. Conto a ela que preciso ir à casa de uma tia que mora em Módena. No bolso, tenho duas cartas de Derna, que mostro a ela.

— Pobrezinho, pobre alma de Deus... — A senhora tem lágrimas nos olhos.

Ela acreditou na história. Não é a primeira vez que conto uma mentira, mas essa é diferente; contei tão bem que até eu vou acabar acreditando nela. E tenho medo de que se torne verdade.

A senhora continua a me consolar:

— Tudo se ajeita, meu filho. Tudo se ajeita. — Ela pega o meu rosto entre as mãos.

Eu me afasto, pois sinto a cara queimar de embaraço.

Mas aí o cansaço fica mais forte que a tristeza, estico as pernas no lugar que ficou vazio ao lado dela, os olhos começam a pesar e o sono vem.

Sonho que eu e Tommasino brincávamos de esconde-esconde na capela do príncipe de Sangro, e eu me coloquei no lugar de um dos esqueletos com ossos e veias para fora, para ele não poder me achar. Rio feito doido, pensando que Tommasino poderia ter um ataque ao me ver lá no meio daquelas múmias. Ele entrou na sala onde me escondi, mas não me encontrou. Eu tinha me escondido tão bem que ele não conseguiu me ver e fiquei lá, entre os esqueletos e as estátuas que pareciam vivas. Eu gritava para ele: "Estou aqui, estou aqui!". Mas nada.

Acordo com os meus gritos. Olho pela janela; não há lua, não há estrelas, está tudo escuro. A mãe sentada à minha frente indaga:

— Que foi? Está tudo bem, você teve um sonho ruim. Venha aqui.

Eu me aproximo, e ela tira uma mão de baixo da cabeça do filho, que não acorda, enxuga-me o suor e alisa o meu cabelo.

— Durma. Não pense nisso. É bobagem. Estou aqui. — E abre um espaço para mim ao seu lado.

Agora somos três: ela, o filho no colo e eu. A mãe recomeça a tricotar e, ponto a ponto, a coberta cor-de-rosa chega também aos meus ombros. Espero que o sono, que parece vir dela e que faz o seu filho dormir o tempo todo, também me alcance e me faça adormecer, com as pálpebras pesadas e nenhum pensamento na cabeça. Mas não.

QUARTA PARTE

1994

36

Aconteceu ontem à noite. Você preparou o macarrão à genovesa para o dia seguinte. Lavou a tábua, a colher de pau e a panela, e deixou tudo no escorredor para secar. Tirou o avental e colocou dobrado perfeitamente na cadeira da cozinha. Vestiu a camisola, soltou o cabelo; você não gostava de dormir com o cabelo preso. O seu cabelo se manteve quase todo preto. Deitou na cama e apagou a luz. O macarrão à genovesa ficou "repousando" para o dia seguinte. A massa à genovesa precisa repousar, você sempre dizia. Depois você adormeceu para repousar também.

Ligaram para mim hoje de madrugada. Quando atendi depois do terceiro toque e me deram a notícia, percebi que durante muitos anos vivi com essa ameaça no coração, como um tipo de maldição. Nem consegui chorar. Só pensei: "Ah, a maldição se cumpriu". Disse: "Sim, sim, entendo, tudo bem, pego o primeiro voo", e parti. Agora que você se foi, sozinha na noite, nenhuma outra ligação pode me dar medo.

Desço do avião e entro num tubo insuportavelmente quente. Em uma das mãos, a mala; na outra, o estojo com o violino. Um ônibus muito vagaroso me deixa na área da chegada; vou pelo corredor até a porta automática. Ela se abre, ninguém me espera. Dirijo-me à saída, e uma voz no alto-falante anuncia o embarque para Munique. Fora do aeroporto, um grupo de turistas espanhóis se aproxima para me pedir informações. Finjo não entender para não ter de confessar que também sou um estrangeiro na cidade. Estou com calor, e os sapatos me machucam. Os novos sempre fazem crescer bolhas nos meus calcanhares. O paletó de linho claro, assim que saio do frio artificial do aeroporto, gruda no meu corpo.

Procuro um táxi e peço para ir à praça do Plebiscito. O taxista logo vem pegar a mala e o estojo para colocá-los no porta-malas.

— O violino não — digo a ele —, vai comigo na frente.

Durante o trajeto, olho pela janela: os prédios, as lojas, as ruas não me dizem nada. Nas vezes em que voltei à cidade, no decorrer de todos esses anos, limitei-me a resolver problemas e a me encontrar com você sempre rapidamente. Nunca mais coloquei os pés na sua casa. Você tinha vergonha da minha vergonha por você. Nós nos víamos na rua Toledo, que naquela época se chamava rua Roma, e eu te levava para almoçar fora. Eu reservava uma mesa perto do mar. Você gostava, mesmo tendo medo do mar, porque o mar, para você, era sujo, úmido e malcheiroso. "O mar não serve para nada", você dizia. No começo, Agostino vinha também, quando era mais novo e ainda te escutava. Aí, à medida que foi crescendo, começou a inventar desculpas, como "Tenho mais o que fazer". Melhor assim, eu pensava. Você queria que fôssemos mais unidos, eu e o meu irmão. Mas unidos pelo quê?

No táxi, apoio a cabeça no encosto e fecho os olhos. A roupa gruda mais ainda no corpo devido ao suor, e as bolhas nos calcanhares pulsam dolorosamente.

O taxista me observa pelo espelho retrovisor.

— O senhor é maestro? — pergunta ao avançar por uma rua estreita e comprida.

— Não, sou ator — minto. Depois, me lembro do violino e acrescento: — Faço o papel de um violinista. Trago comigo para entrar no personagem.

Decido saltar na praça, digo ao motorista que me espere ali e caminho na rua amarela de sol. No cruzamento com a subida escura que leva ao seu beco, paro por alguns instantes. Não estou pronto e talvez nunca esteja. Tiro o lenço do bolso. Não há lágrimas; enxugo o suor do rosto e volto a caminhar.

37

Na minha subida pelo beco, o calor, em vez de aumentar, vai diminuindo, ficando mais brando por causa do frescor que sai das portas abertas para a rua. As casas, umas em frente das outras, de ambos os lados da rua, são unidas por varais com lençóis estendidos para secar, projetando no asfalto línguas escuras, uma cobertura oportuna que faz sombra. As pessoas me olham como se eu fosse um estrangeiro, com desconfiança. Começo a andar mais depressa, apesar da subida e da dor nos pés. Evito os olhares daqueles com quem você encontrava todos os dias, a quem você cumprimentava e que respondiam ao seu cumprimento. Não quero ouvir o que têm a me dizer. Sons, barulhos, vozes: ficam colados nos meus ouvidos, e assim é desde quando eu era pequeno, e dali não saem mais. As pessoas do beco cantavam até quando falavam. Sempre a mesma música, nunca mudou. Enfio as mãos nos bolsos para evitar contato com aqueles corpos, confiro se a carteira e os documentos estão no seu devido lugar. Ouvi relatos de turistas maltratados e roubados por bandos de meninos. Eu sempre pensei que poderia me tornar um desses garotos, que crescem depressa demais nesta cidade que nunca se torna adulta.

Diante da porta da sua casa, sinto o coração sair pela boca e as mãos geladas. Não é só a emoção de estar aqui depois de tantos anos, ou a dor de imaginar você aí dentro, estendida na cama que era nossa, com o cabelo solto ainda quase todo preto. É medo. Medo da sujeira, da pobreza, da necessidade; medo de ser um impostor, uma pessoa que viveu uma vida que não era a sua, que adotou um sobrenome que não lhe pertencia. Com o passar dos anos, o medo aprendeu a se recolher num canto da mente, mas não desapareceu, ficou à espreita, como agora diante desta porta fechada. Você não temia nada. Andava sempre de cabeça erguida. "O medo não existe", você me dizia, "é apenas uma fantasia". Eu vivia repetindo isso para mim mesmo, mas nunca me convenci.

Um gato grande e cinza sai de um portão, se aproxima de mim e cheira os meus sapatos. É o Chico Queijo, penso, o gato do beco a quem eu dava pão duro e um pouco de leite, e você enxotava com maus modos. Mas a memória engana, e esse gato desconhecido eriça o pelo, bufa irritadiço e vai embora. Apoio a mão na maçaneta, mas não tenho mais certeza do que vim fazer aqui. Talvez seja melhor ir embora.

Uma bola cor de laranja desce por uma ruazinha e vem para a minha direção, rolando e quicando por causa dos blocos soltos da calçada, bate no meu joelho e vai parar nas rodas de um ciclo-motor estacionado à porta da casa em frente à sua. Um menino vem correndo atrás dela para pará-la e eu lhe mostro o lugar onde a bola foi se esconder. Ele se agacha para pegá-la. Usa calça jeans rasgada nos joelhos, um tênis desamarrado e a camiseta desco-lorida. Sorri para mim com a bola na mão e continua a correr. Parece feliz. Talvez eu também fosse, mas foi há muito tempo. Enquanto ele desaparece no fundo da rua, o tecido antigo e puído das lembranças, que até agora eu tentava esticar para se encaixar no presente, de repente fica do tamanho certo e gruda com precisão milimétrica nos meus olhos.

Eu me revejo saindo do beco com o cabelo ruivo, um dente faltando na boca, que o ratinho levou em troca de uma casca de queijo, os joelhos cheios de manchas roxas e arranhões. Cami-nhávamos juntos numa manhã de novembro nos primeiros dias do inverno. Você na frente e eu atrás.

38

Bato de leve; ninguém vem abrir. Tento empurrar, e a porta se abre. Pelas persianas fechadas entra pouca luz. A mesa com as cadeiras, a pequena cozinha, o banheiro à esquerda e a cama no fundo. Dá para percorrer a casa inteira só com o olhar. Tudo ficou como era. As cadeiras com palhinha, as lajotas hexagonais do chão, a mesa num tom marrom antigo. A televisão com o pano bordado em cima que você mesma fez, o rádio que lhe dei num dia de seu aniversário. O avental florido pendurado no cabide, a colcha branca de crochê feita pela vovó Filomena. Você não está aqui.

No fogão, uma panela com o macarrão à genovesa. O cheiro da cebola refogada impregnou a minúscula residência, como prova de que você pensava que estaria viva no dia seguinte, que estaria aqui, sentada no seu lugar para comer.

Em poucos passos, exploro a casa toda – é preciso de muito pouco para resumir a sua existência. Talvez a de qualquer pessoa. Não consigo pôr a mão em nada. Os seus chinelos com as pontas gastas, os grampos de cabelo, o espelho que recebeu a sua imagem por tantos anos e que todos os dias a devolvia a você um pouco mais velha. Parece-me um sacrilégio deixar abandonadas as poucas coisas que você tinha. A terra ainda úmida de uma plantinha de manjericão no vaso na janela; as meias, o pé direito remendado mais de uma vez no dedão, estendidas para secar na haste que segura a cortina do banheiro; as garrafas de licor cheias de água colorida cor-de-rosa, amarela e azul-celeste conservadas no armário da cozinha "para ficar bonito".

Eu queria colocar tudo a salvo como se a sua casa fosse afundar. Em cima da cômoda, ao lado das tesourinhas para unhas, está um pente pequeno de osso. Eu o acaricio, avalio o peso com a mão e guardo o pente no bolso. Depois, tiro do bolso e coloco novamente no lugar, onde você havia escolhido para ele. Sinto-me um ladrão, uma pessoa que veio fuçar na sua intimidade.

Abro a porta da rua, e o sol penetra um pouco no escuro. Antes de sair, porém, retorno à cozinha. Tento refazer mentalmente todos os seus passos de ontem, até chegar àquela panela deixada no fogão para te fazer companhia: o açougueiro do outro lado da rua para a carne, "Um pedaço de carne macia, por favor"; o verdureiro na esquina lá no fundo do beco, para as cebolas, cenouras e salsão; você partindo com as mãos os tubos de massa comprida numa tigela de cerâmica. O óleo de oliva que estala e murcha a cebola, uma borrifada de vinho para cortar a acidez, a carne que se desmancha com o calor e com o tempo, como acontece com todo o mundo, a água que ferve e a massa que aos poucos perde a dureza até atingir a consistência perfeita.

Consulto o relógio; é hora do almoço, e parece mesmo que você cozinhou para mim, para a minha chegada. Então, ergo a tampa, pego o garfo e faço a sua última vontade.

Como tudo, lavo a panela, o garfo e os coloco para secar, e fecho a porta atrás de mim, para percorrer novamente o beco, retornando para a rua principal. O barulho dos meus passos na pedra escura do chão, os panos estendidos que caem sobre a rua, as motos como cavalos adormecidos ao lado das casas, as portas e as janelas abertas por causa do calor, diretamente para a rua onde o olhar não consegue deixar de espreitar a vida daqueles que vivem apertados lá dentro.

Uma mulher que não conheço sai da sua residência, um rosto ainda jovem, mas marcado pelo cansaço, cabelo preto e liso. Ela olha para mim com os olhos semifechados por causa da luz forte, da qual tenta se proteger com a mão aberta.

— O senhor deve ser o filho mais velho da finada dona Antonietta, que Deus a tenha, o violinista...

— Não — respondo —, sou um sobrinho. — E prossigo.

Não quero fazer parte da vida do beco, voraz e intrometida. Não gosto que essa desconhecida pronuncie o seu nome como o de uma morta. Ela dá uns passos atrás de mim.

— Ela foi levada hoje de manhã. Por causa do calor, entende? Não era possível ficar com ela aqui, a casa é pequena, e deu na televisão que a temperatura ainda vai aumentar... O senhor está me escutando, sim ou não? — grita.

Eu me viro e passo a mão um pouco acima da orelha.

— Sou surdo de um ouvido — torno a mentir.

— Ah, desculpe... — A mulher me olha com desconfiança. — Amanhã de manhã é que será o velório, às oito e meia, na igreja da santa. — Ela me examina minuciosamente, desconfiada e, depois de entrar em casa, diz para mim lá de dentro: — Dê essa informação para o filho dela!

A mulher só está fazendo isso por respeito a você, que passou a vida inteira neste beco, e não por aquele filho que nunca vinha ver a mãe.

Em vez de ir direto pela rua Toledo, decido cortar caminho pelos becos, para fugir do calor forte. Perco-me entre os espaços de fé cheios de velas e flores, os rostos escuros, os dentes tortos, as vozes roucas e, sem querer, me vejo diante da igreja quando, naquela noite, a freira milagrosa me deu sopa, pão com óleo e tomates, e onde amanhã de manhã será o seu velório, como disse a vizinha. Fico parado alguns minutos, sem entrar. Finjo rezar e, enquanto isso, penso que daqui fugi e para cá retorno, mas foi você quem desta vez foi embora sem se despedir. E não irá voltar.

39

De novo na praça grande, pago ao taxista, pego as minhas coisas e vou até a beira-mar, onde se localizam os hotéis mais bonitos. Já fiquei em alguns deles, e você caçoava de mim: "Ficou rico, a erva daninha cresce". Eu queria comprar uma boa casa para você, com escadas, varandas e interfone. Você dizia: "Não, não quero me mudar. Quem viaja é você, eu sou aquela que fica parada. O seu irmão Agostino também há anos me pede para ir morar com ele e com a mulher lá no bairro Vomero, é muito generoso... E você precisa ver os cômodos, os móveis, que vista!".

Você nunca quis ir à minha casa em Milão. Nem até Módena, durante todos os anos em que fiquei com Derna, Alcide e Rosa; nem depois, quando eu estudava no conservatório. Talvez você tivesse medo do trem, nunca lhe perguntei e não poderei mais lhe perguntar. Nós nos gostamos de longe, acho. Quem sabe você pensava assim também.

Paro na frente do hotel mais caro. Empurro a porta de vidro e sou tomado por um ar gelado que seca o meu suor do rosto. Na recepção, peço um quarto.

— O senhor fez reserva?

— Não.

O *concierge* olha para mim hesitante.

— Senhor, infelizmente, todos os quartos estão ocupados. — Ele usa óculos pequenos e dourados, tem o cabelo ralo puxado para trás com gel e um ar arrogante, como se carregasse no bolso as chaves do paraíso, não aquelas das suítes. Pode ser que sejam a mesma coisa.

— A minha filha deu à luz esta noite, vim conhecer o meu novo netinho — invento, e passo uma boa gorjeta para animá-lo a me arrumar um quarto.

— Entendo, senhor, vou tentar instalá-lo. — Faz sinal a um jovem de *libré* para que leve a minha mala e o meu violino para o andar de cima.

— O violino, não — digo —, ele fica comigo.

O *concierge* se inclina sem perceber sobre a bancada da recepção e olha para mim por cima dos óculos pequenos, franzindo as sobrancelhas.

— Quantos dias o senhor pretende ficar? — sussurra.

Eu abro os braços com as palmas viradas para cima, e ele autoriza participativo.

— Encontrei um quarto confortável para o senhor, com vista para o mar. — E me entrega as chaves. — Meus parabéns! — Sorri para mim quando lhe dou o documento para o registro. — Daqui a pouco um funcionário levará a sua carteira de identidade ao seu quarto, senhor Benvenuti — acrescenta, com o meu documento na mão.

O jovem me acompanha até o meu andar, abre a porta do quarto para mim e me pergunta se gosto. Agradeço e lhe dou uma gorjeta. Coloco o violino em cima da cama, ando pelo ambiente e abro a varanda. Fico assim, na corrente, no meio de dois ares: o muito frio do quarto e o muito quente que sobe do asfalto, dois andares abaixo. Estou esgotado, com um cansaço longínquo, como se tivesse vindo à cidade a pé. Como se sentisse nos ombros o peso de todos os anos desde o dia em que fugi de trem.

Tiro o paletó, arregaço as mangas da camisa e apanho o violino do estojo. Vou até a varanda, debruço-me no parapeito e fico olhando o mar, uma linha azul desenhada como uma fronteira do outro lado da cidade. O golfo é um abraço que se curva tão docemente que me faz ficar triste por não ter conseguido abraçar você, mãe. Parece-me uma incompreensão, uma traição recíproca, desde a noite em que te chamei de mentirosa e corri para a estação.

Naquela noite, adormeci nos braços de outra mulher. Eu disse a ela que você tinha morrido, e que eu ficara sozinho. Então, quando o cobrador passou de madrugada, ela lhe disse que éramos seus filhos, eu e os outros dois. Comprou a passagem para Módena, me acompanhou e ficou esperando até eu me despedir dela fazendo tchau com a mão pelo vidro traseiro do bonde.

Assim que me viu aparecer na porta, Rosa ficou com os olhos cheios de lágrimas: não conseguia acreditar que eu tivesse voltado sozinho, sem avisar ninguém. Depois chegou Derna, que foi correndo telefonar para Maddalena. Disse que, com toda a certeza, você estava me procurando pelo bairro inteiro, apavorada. Eu me lembrei do retrato do menino que você tinha em cima do criado-mudo, o irmão que nunca conheci. Também não conheci o meu pai, nem os seus. Com você, só eu quem ficou, mas eu era a erva daninha. Alguns dias depois, chegou uma carta sua, não consegui entender se você estava com raiva ou não. Você só dizia que, se eles quisessem ficar comigo, tudo bem; do contrário, teria de voltar imediatamente para o sul. Eu fiquei lá.

40

No hotel, com o ar-condicionado no máximo, não faço nada: espero que o tempo passe até o dia seguinte. No silêncio do início da tarde, sobe um grito da rua, dois andares abaixo: "Carmine!". Vou olhar da varanda e avisto um grupo de cinco garotos que passam na frente do hotel, param, voltam para atrás e tornam a passar de novo na frente. O maior deve ter doze anos, o menor, sete ou oito. Eu os observo indo atrás de turistas para ganhar uma gorjeta ou, talvez, para fazê-los cair numa falcatrua. O menor, de cabelo bem preto, levanta a cabeça e olha para mim. Desvio o olhar e fecho rapidamente a porta da varanda para deixar aquelas vozes fora do quarto, mas agora o dialeto deles já entrou na minha cabeça. São as mesmas vozes de quando eu brincava na rua horas e horas e depois, à noite, voltava para junto de você.

O meu violino está em cima da cama. Começo a tocar uma ária para afastar aquelas vozes, mas, apesar de não estarem tão altas, continuam a chegar e, junto delas, os sons da infância abrem caminho vindos do fundo da memória. Primeiro, voltam as vozes um pouco estridentes das crianças: violinos, violas ou violoncelos, dependendo da idade. Depois, o contrabaixo das mulheres, com um som grave, rouco e profundo, quase masculino, que marca o ritmo da vida cotidiana. E, por fim, as madeiras com o seu som um pouco estridente e, por contraste, quase feminino dos homens: flautins, clarinetes, flautas.

Os gritos dos mercados, as conversas intermináveis das comadres à porta das casas, as crianças correndo pelas ruas umas atrás das outras, e depois uma voz conservada no fundo mais antigo da memória: "Amerigo, Ameri! Desce, vem cá depressa, vai pedir duas liras para a Bonachona...".

É a sua voz, mãe.

41

*P*asso a tarde toda no quarto à espera de que o calor lá fora diminua. Não liguei para Derna. Aliás, não liguei para ninguém; achei que, desse modo, eu conseguiria manter você viva, longe do conhecimento da morte pelo menos no pensamento dos outros.

Quando o sol se põe, calço os sapatos e desço para a rua. Não sei dizer se estou com fome, mas mesmo assim volto para o seu bairro e procuro um restaurante, em meio aos cheiros que saem pelas portas e janelas abertas. Quatro mesinhas dentro de um estabelecimento num subsolo sem janelas, e três do lado de fora, mesas e cadeiras no meio da rua. O proprietário, de camiseta e calça branca, faz uma festa como se estivesse me esperando há tempos e me acomoda a uma das mesinhas na calçada, arrumada com uma toalha branca de papel e um copo com a borda trincada. Traz um cardápio gordurento com as especialidades do dia escritas à mão. Olho para ele admirado, achando que pode ter me reconhecido, mas depois percebo que a cena se repete com os outros clientes também, recebidos com a mesma familiaridade excessiva e bajuladora, faz parte do cardápio do dia. Peço um prato de massa e batatas com provolone, como você fazia para mim, com a casca do queijo amolecida dentro para dar sabor. Bebo um gole de vinho e dou a primeira garfada. Sinto o macarrão se dissolver na boca, tudo grudado por causa do provolone derretido. Você sempre pedia para eu colocar pouca quantidade de comida na boca porque, se engasgasse, quem é que me levaria ao hospital? Mas eu gostava de encher a boca com aquele sabor, que unia o doce da batata ao salgado do queijo, e que continuava a me pinicar os lábios até depois de ter terminado de comer.

Devoro tudo com uma fome que não é apropriada ao luto, raspando com a colher todo e qualquer resto de comida. A fome é maligna, não está nem aí para as boas maneiras nem para os afetos. Limpo a boca e peço a conta. O dono escreve, numa coluna, os números diretamente na toalha de papel, depois traça uma linha horizontal sob a qual anota a soma. Acrescento uma boa gorjeta e me despeço. Depois de alguns passos, porém, volto para trás.

— Você teria uma maçã? — pergunto ao proprietário.

— O quê, doutor?

— Uma maçã *annurca* — murmuro, um tanto envergonhado.

Ele me faz sinal para esperar, entra no restaurante no subsolo e, dois minutos depois, sai de lá com a fruta pequena e vermelha, um coração compacto.

— Quanto lhe devo?

— Nada, doutor, pelo amor de Deus! Não vendo maçã, não. Ninguém conhece mais esse tipo, a maçã *annurca*. Todos querem as grandes, que não têm gosto de nada. Esta é uma maçã para se dar de presente a quem sabe apreciá-la.

— Então... obrigado. — Guardo a fruta no bolso.

— Boa sorte, doutor. — E o dono se retira.

Caminho na direção do hotel, com a maçã que estufa o meu bolso me fazendo companhia, como aquela que você me deu no dia em que parti de trem para Bolonha. Você me deixou com Maddalena Criscuolo; sabe-se lá que fim levou Maddalena. Era uma bela jovem, hoje deve ser uma senhora idosa. Eu também envelheci.

Deixei a maçã murchar em cima da minha escrivaninha, na casa de Derna. Não queria comê-la para manter viva a sua lembrança, até que um dia não encontrei mais a maçã. Aconteceu de novo: deixei que o tempo passasse, e agora é tarde.

42

A luz lá fora está tão forte que a escuridão parece ainda mais densa aqui dentro. Começou a chover, apesar do sol, e na igreja o ar é quente e carregado de umidade. Você está ali na frente, no meio das duas naves. A caixa de madeira marrom se apoia num suporte de metal com rodinhas, um móvel pronto para a mudança.

Sinto cheiro de umidade e de incenso. Um menino de túnica branca balança o incensório, que espalha uma fumaça cinza. Quando o padre entra, todos se levantam, e eu tenho dificuldade para respirar por causa do calor, do ambiente fechado, da escuridão... Sei lá. Pelo fato de saber que você está ali.

Ajoelho-me no genuflexório, vão pensar que estou rezando. O padre fala, não sinto nada. Você nunca me levou à igreja. Deus, Nossa Senhora e os santos não eram o seu forte. Alcide também nunca falou com os padres. Lentamente os meus olhos vão se habituando com a penumbra, e tento diferenciar os rostos das pessoas. Na primeira fila, estão umas mulheres de vestido preto e cabelo preso; uma delas tem uma trança branca que rodeia a sua cabeça como uma coroa. Parece uma menina muito idosa. Sozinho, num banco na segunda fila, está um velho com uma cabeleira acinzentada que entra no colarinho da camisa, cinza também. Ele fecha e abre os olhos tão rápido e de maneira tão compulsiva, que no começo pensei que estivesse piscando para mim. O seu pestanejar intermitente me obriga a ficar olhando para ele por alguns segundos. Na íris de um azul intenso, conservou um pouco da juventude, mas parece cansado, como todos aqui dentro. Eles têm os rostos brancos e tensos, como se limpos com água sanitária. Você não tinha nenhum parente, só eu. E, mais tarde, Agostino, a quem procuro com os olhos, mas não o vejo. Já se passaram tantos anos que talvez eu não o reconheça. Somos poucos, mas todos com sapatos em bom estado. Um pouco gastos, mas ainda em bom estado. Um ponto e meio.

O padre fala como se tivesse conhecido você, talvez tenha mesmo. Quem sabe, na velhice, você começou a frequentar a igreja, a ir à missa aos domingos, a fazer a confissão e a comungar, a ir rezar o terço com as outras mulheres do beco. Talvez ele te conheça melhor do que eu. Pode ser que eu seja a pessoa que menos te conhece. O padre diz que você era uma boa mulher e agora Deus a tem na sua glória, no Paraíso, junto aos anjos e santos. Apesar de o estranho ser eu, continuo a pensar que você não se importa com anjos, santos e o Paraíso, porque você se sentia bem por aqui, nos becos, na sua casa, ouvindo a ladainha das pessoas. Foi por isso que você preparou a massa à genovesa, você pensava sobre o dia seguinte, nunca para ir para a glória dos santos, mas a morte é dissimulada e prepotente, faz as pessoas saírem do cotidiano, perderem certezas e vícios. Todo o mundo aperfeiçoa a própria estratégia para não morrer, e erra. Erra quando pensa escapar da morte preparando massa à genovesa para o dia seguinte. Erra quando foge para outra cidade à procura de um destino diferente, ou quando pensa que a música o manterá num lugar seguro. Não há refúgio. A morte vem nos buscar, não tem jeito, e talvez eu tenha vindo aqui para morrer de medo, de calor e de tristeza.

Sinto vontade de gritar, mas a minha voz não sai e, se a faço sair, os meus olhos se enchem de lágrimas. O padre diz: "Sentem--se", e nós nos sentamos; o padre diz: "Todos de pé", e nós nos levantamos. Vem à minha mente o macaco domesticado daquele velho no Rettifilo. O padre nos convida para comungar, e alguns deixam os bancos de madeira para se colocar em fila. O homem de cabelo comprido e tique nos olhos permanece no seu lugar. Olho fixamente um quadro com a imagem da santa à beira da morte, pele do rosto pálida e lábios muito vermelhos. Ela não tem a aparência de uma moribunda, mas sim de uma bela jovem que se prepara para ir a uma festa. Como não tenho coragem de ir te ver, imagino que a santa do quadro se pareça com você lá dentro, com o cabelo arrumado e o semblante tranquilo. Depois, enquanto todos ainda estão em fila para comungar, levanto-me e caminho na direção do altar. Paro no canto oposto ao púlpito, tiro o violino do estojo, abaixo o arco sobre as cordas e começo a tocar. A igreja se enche de um som dulcíssimo, que desce e sobe e, em algumas passagens, parece um hino de alegria, e não o lamento de uma mãe pela falta do filho. É uma ária do *Stabat Mater* de Pergolesi, mas você não pode saber. Você nunca me ouviu tocar.

Continuo por alguns minutos, mão esquerda e mão direita, arco e cordas. Quando a música termina, há só o barulho da chuva. Todos voltam a se sentar. O padre não fala. Procuro desviar o olhar da caixa de madeira no meio da igreja onde você flutua imóvel, mas os olhos vão sempre para lá. Só quero sair e ir embora logo, neste exato momento, sem mesmo passar no hotel para pegar as minhas coisas. Como se eu nunca tivesse voltado, e você ainda estivesse na plataforma onde te deixei naquele dia, esperando por mim.

O padre nos comunica que a missa acabou e que podemos ir para casa em paz. Mas que paz? Que casa? Uma mulher com corte de cabelo masculino se aproxima do seu caixão ao mesmo tempo que chegam quatro homens para colocá-lo nos ombros e carregá-lo para fora. Um deles é o velho com o tique. A mulher fica alguns instantes em silêncio, depois fecha a mão esquerda e a ergue no ar. Quando levanta o olhar para mim, sorri. Eu também vou para perto de você e acaricio a madeira. É dura e áspera. Então tiro a mão e a enfio no bolso. Atrás de nós, todos saúdam o caixão, fazendo uma reverência, um a um, se viram e se vão.

Parou de chover, mas a rua está molhada e se sente cheiro de terra e verdura podre. A idosa de cabelo curto vem ao meu encontro com os braços abertos. Atrás dela o coroinha moreno, sem túnica e incensório.

— Venha, Carmine, não fique com vergonha — ela fala para o menino —, este senhor tem o mesmo sobrenome que você: Speranza.

Eu não entendo, mas procuro despachá-la porque quero ir embora logo.

— A senhora está enganada, meu sobrenome é Benvenuti. — E caminho depressa para a rua.

Ela me chama pelo nome e apoia as duas mãos nos meus ombros. Reconheço o menino, é o mesmo que, ontem de manhã, passou debaixo da varanda do meu quarto com aquele grupo de garotos. Ele me olha com os olhos semicerrados, como se a igreja, a umidade, o seu caixão marrom, que se distancia nos ombros de quatro desconhecidos, fossem culpa minha. Mas talvez seja eu quem pense desse jeito, não ele, que é apenas um menino triste diante de um senhor de meia-idade que nunca viu antes.

— Você veio de trem — diz a idosa, como se continuasse um assunto de que já estávamos falando.

Eu a reconheço pela voz, antes de tudo, mas não respondo, nem para dizer que nunca pego trem, porque a batida extenuante dos trilhos, como uma língua que toca sempre o mesmo ponto doloroso, me faz pensar num menino que foge.

— Passou tanto tempo — ela continua sem esperar a resposta —, mas fazer o quê? Para mim, vocês continuam sempre os meus pequeninos. Muitos ainda vêm me visitar. Tanto os que voltaram quanto os que ficaram lá em cima.

Devagarinho vou começando a focalizá-la, como uma imagem que surge lentamente no papel fotográfico graças à ação de reagentes químicos. Boca, cabelo, olhos e a forma das maçãs do rosto. Mas, antes de tudo, reconheci a voz: aquela que cantava no megafone na partida do trem, aquela que me perguntou, repreendendo-me, por que razão eu não tinha ido buscar as cartas da Derna.

A chuva voltou a cair, mas é tão fraca que a água nem consegue chegar ao chão por causa do calor. No cemitério ficamos só nós três.

43

As bancas de fruta e verdura da Pignasecca parecem falar por si, como se os gritos viessem não do feirante, mas diretamente das mercadorias expostas nas cestas e bancadas, preciosas como uma composição artística. Maddalena caminha à minha frente de mãos dadas com o menino; eu fico para trás, como fazia antes com você, que me dava bronca, mas não era culpa minha. Não é culpa minha, são os sapatos que me machucam, e a cada passo bolhas aparecem nos calcanhares. Ao atravessarmos a rua cheia de mercadorias e de umidade, Maddalena para e me espera. Ela sempre sabe aonde nos levar, a mim, o menino de cabelo preto, as crianças do trem. E nós a seguimos.

Os pedestres me empurram de um lado e do outro, e não tento mais me desviar deles. Fora da igreja, quando a reconheci, Maddalena pareceu-me alta e forte, como eu a via quando pequeno. Mas agora, pelas ruas difíceis do seu bairro, está pequena e enfraquecida pela idade. A multidão é barulhenta; o ar, pesado. Levo instintivamente a mão ao ouvido para atenuar os ruídos e isolar a voz de Maddalena, que me diz:

— Carmine é filho do seu irmão Agostino.

No meu aniversário de dez anos, você prometera que iria a Módena com um presente que eu nem poderia imaginar. Era a primeira vez que você iria me visitar lá em cima, no norte, estávamos todos emocionados, até Rosa e Alcide. Mas naquela manhã você telefonou, quem atendeu foi Derna. Deu-me os parabéns e me disse que não viria mais: o médico recomendara que você

CRIANÇAS DA GUERRA   199

repousasse. "Você vem ver seu irmão? Vai nascer logo", me pediu no final da conversa. Não respondi, as lágrimas queimavam os meus olhos, como quando eu tinha febre alta.

Alguns meses depois, chegou a notícia de que nascera outro menino. Você deu a ele o nome de Agostino, como o seu pai. O sobrenome era Speranza, como todos os seus filhos, cheios de esperança. Decidi que nunca mais voltaria para a sua casa.

Quando pedi a Alcide se podia tentar entrar no conservatório, ele me deu dinheiro para o trem e comprou um casaco novo para mim; a vaga quem teria de conseguir era eu. O maestro Serafini foi comigo para Pesaro numa manhã de outono. A planície, pela janela do trem, desaparecia sob uma camada densa de neblina, e eu pensava que, mais uma vez, o barulho cadenciado e lento estava me levando embora de casa.

Entramos numa sala com chão de madeira escura e poltronas de veludo vermelho, onde se acomodavam outros meninos da mesma idade que eu, e o maestro Serafini me deixou lá esperando. Quando chegou a minha vez, tirei o violino do estojo e comecei, arco e cordas, mão esquerda e mão direita. Tínhamos escolhido uma ária do *Stabat Mater*. Fiz minha audição, fui aceito e fiquei ali no internato.

44

Maddalena me diz ao pé do ouvido que o pai e a mãe do menino tiveram problemas com a justiça.

— E então? — pergunto.

— Estão na cadeia — ela afirma, sempre em voz baixa para que ele não a ouça.

Paro no meio da rua. Uma moto branca com três rapazes em cima bate de leve no meu cotovelo. Maddalena e o menino desaparecem na multidão, e eu começo a correr. Encontro os dois justamente quando estão entrando no prédio.

— Chegamos — ela anuncia.

Subimos dois andares a pé e encontramos a plaquinha com o "Criscuolo" na porta. O apartamento de Maddalena é minúsculo, mas arrumadíssimo. Parece casa para turista alugar, mas, ela me conta, mora ali há cerca de trinta anos. Não gosta de juntar muita coisa, só o necessário. Quase nada, concluo.

Acomoda-nos na cozinha e nos serve dois copos de água fria.

— Querem com Idrolitina? Preparo agora mesmo.

Do reservatório infinito de coisas esquecidas despontam a garrafa de vidro cheia d'água e a minha mãozinha, que deixava o pó misterioso cair nela e depois misturava bem. Faço os mesmos gestos, com quase cinquenta anos de distância, destampo a garrafa e encho os copos.

— Carmine, você gosta de canetas hidrográficas? — Maddalena quer saber.

Ele não responde. Maddalena entrega ao menino uma folha em branco e cinco ou seis canetas hidrográficas coloridas.

— Faça um retrato meu, bem bonito, está bem? De quando eu era jovem, quando o tio Amerigo me conheceu. — E dá a ele uma foto em preto e branco em que revejo como era Maddalena.

Carmine, um pouco hesitante, começa a desenhar, e nós dois vamos para a sala de estar, com duas poltronas e uma mesinha. Sentamos um diante do outro: para duas pessoas que já atravessaram o centro da vida, sobram apenas as margens.

— Revi tantas crianças, tantas, que subiram junto com você naquele trem... As mães pediam que eu escrevesse uma carta para aqueles desconhecidos que por seis meses, um ano ou até mais, ficaram com os seus filhos e os trataram como se fossem seus. Muitos mantiveram contato. Tiravam férias juntos, no verão ou no inverno. Continuavam a se ajudar, mesmo de longe.

Há muitas fotos penduradas nas paredes: em uma, muitas crianças, meninos e meninas, empunham pequenas bandeiras tricolores. A foto é em preto e branco, mas dá para ver que as bandeiras são coloridas, branco, vermelho e verde, sobressaindo do cinza dos rostos. Em uma outra, as crianças estão em Bolonha, passaram a noite no trem, estão com a roupa amassada, as carinhas cansadas, algumas sorriem no meio da confusão. Duas mulheres seguram um cartaz com os dizeres: "Somos as crianças do sul. A solidariedade e o amor demonstram que não existe o Norte e o Sul, existe a Itália". Que palavras obsoletas, penso, que esperanças ultrapassadas e fora de moda.

— Ajudamos tantos... Mas não acaba nunca. O seu sobrinho, Carmine, depois da prisão dos pais, estava com a avó, e o padre, dom Salvatore, também acompanhava um pouco. Agora o menino ficou sozinho.

— Eu não tinha notícias de Agostino. Quando foi preso?

— Há uns meses, não me pergunte mais nada. Eu falava com Antonietta, mas ela nunca me contou muita coisa dos negócios do seu irmão. A sua mãe achava que ele era inocente, e iria provar que ele e a mulher não tinham nada a ver com a história em que foram envolvidos. No entanto, eu sei que ele andava em más companhias e que ganhara muito dinheiro. A acusação deve ser grave para não permitirem que viesse ao enterro da mãe. Carmine ficava sempre sozinho, mesmo antes da prisão dos dois. Se não fosse a avó... Agora, vamos chamar as assistentes sociais.

Pela porta da sala de estar, observo o menino: ajoelhado na cadeira com os cotovelos apoiados na mesa da cozinha. Tento ver se ele se parece com você, se se parece com o pai, Agostino, o filho bom, o que ficou perto. Tem o cabelo comprido e preto, como o seu.

— É um bom garoto, mas agora está um pouco desorientado... — Maddalena balança a cabeça. — E você? Casou-se? Tem filhos?

O menino pega uma outra folha e se vira para mim. Por alguns segundos, os nossos olhares se cruzam, mas eu me desvio e recomeço a olhar as fotografias.

— Sim, sou casado — minto.

Ela concorda e sorri, de modo que continuo a inventar uma outra vida para mim:

— Tenho dois filhos grandes, ambos estudam música. — Então encerro o assunto. Com ela, fingir é mais difícil.

— Você se lembra de Tommasino? — Maddalena me oferece um copo de *limoncello* que ela mesma fez.

Vejo aparecer na parede da memória aquele menino de cabelo encaracolado e escuro, como se fosse uma daquelas fotos cinza penduradas nas paredes.

— Vocês mantiveram contato?

— Não tenho contato com ninguém. Também não sabia o que Agostino fazia, que foi parar na prisão, quantos anos tem o seu filho, que a minha mãe sofria do coração... — Percebo que falei mais alto do que devia, por isso me calo, dou de ombros e suspiro.

Para Maddalena, não importa o que houve. Apesar de velha, ela pensa só no futuro. Nisso não mudou.

— Tommasino fez uma bela carreira, Amerigo. Com a ajuda do pai do norte, pôde estudar, mesmo ficando aqui com a sua família. Tornou-se magistrado.

— Mas como? Ele roubava maçãs da banca do Cabeça Branca na praça do Mercado e fugia...

— Talvez justamente por isso. É juiz tutelar e me ajudou várias vezes. Fui professora durante muitos anos em alguns bairros onde os pais das crianças estavam na cadeia ou bem longe dos filhos... Quando precisei de uma intervenção, ou mesmo apenas de um conselho, pedi a ele.

Maddalena faz cara de quem comeu e não gostou, inclinando-se para olhar a sala do lado. Depois toma um gole do copinho de licor amarelo e recomeça:

— Era mais fácil antigamente. Havia o Partido, as companheiras e os companheiros do Partido. Hoje não tem mais nada, quem quiser fazer alguma coisa boa precisa fazer sozinho, por conta própria. Antes, tínhamos as sedes locais, que, bairro a bairro, organizavam os programas para as crianças e as tiravam das ruas. Agora, só os padres fazem isso... Não estou dizendo que eles não realizam um bom trabalho, de modo algum. Na maioria das vezes, trabalham bem. Porém não é uma ação política, não sei se estou sendo clara, é caridade. É diferente.

— A história anda para a frente, as coisas mudam.

— A história anda para a frente, mas algumas coisas deveriam permanecer. Aquela noção de solidariedade. Você lembra? A so-li-da-rie-da-de...

—E o comunista loiro, Maddalena? Aquele que flertava com você!

— Quem, Guido? Ele flertava comigo? Éramos todos companheiros e companheiras. Pensávamos em tantas coisas, mas no amor, não. Pelo menos eu não pensava nisso...

— Talvez você não, mas ele... Eu me lembro do modo como ele olhava para você naquela manhã em que partimos.

— Pobre Guido! — Maddalena suspira. — No fim foi expulso do Partido. Uma história triste. Ele se mudou para outra cidade e deixou a política. Depois se tornou professor universitário, mas algo dentro dele se despedaçou. Nunca mais foi como antes. E dentro de mim também. Nós nos gostávamos muito, mas não como você pensa. Havia um grande bem-querer entre nós, apesar do laço comigo ter se rompido.

Maddalena balança a cabeça, e um tufo de cabelo branco cai sobre o seu rosto.

— Não... não era tudo uma maravilha, para dizer a verdade. Era bom porque eu tinha vinte anos e estava apaixonada pelo ideal. Mas existiam também as coisas ruins. Havia os que eram apaixonados por si próprios, e o ideal vinha depois, muito depois.

Ela estica o braço sobre a mesinha entre as duas poltronas e pega a minha mão. Vejo manchinhas marrons nas costas das suas mãos e nos seus dedos.

— Mas você conheceu tudo isso, foi ajudado, estudou, tornou-se um músico famoso, teve oportunidades, é um homem de bem e sabe que sempre vale a pena tentar, apesar dos vínculos e de algumas imperfeições. Tudo o que é possível fazer *deve* ser feito.

Tiro a minha mão da sua e fico em silêncio. Um músico famoso, um homem de bem: não estou certo de que seja eu a pessoa de quem ela está falando.

— Maddalena, entendo o que você quer dizer — respondo, pouco depois —, e me sinto lisonjeado, pode acreditar... No entanto, tenho a minha vida, estou com mais de cinquenta anos. Você decidiu não ter filhos e cuidar dos filhos dos outros. Eu decidi me dedicar à música. Cada qual faz as suas escolhas. Ele, o menino, tem pai. Eu tive de ir procurar o meu.

Maddalena faz uma expressão esquisita, que não encontro nas minhas lembranças.

— Não se pode escolher tudo, Amerigo, algumas escolhas são forçadas, você faz por causa dos outros...

— E você vem dizer isso para mim, Maddalena, que fui colocado num trem aos sete anos? De um lado, estava a minha mãe, e do outro, tudo o que eu desejava: uma família, uma casa, um quarto só para mim, comida quente, o violino. Um homem disposto a me dar o seu sobrenome. Fui ajudado, é verdade, mas também passei muita vergonha. O acolhimento ou a solidariedade, como você diz, tem também um gosto amargo, para ambas as partes, para quem dá e para quem recebe. Por isso é difícil. Eu sonhava ser como os outros. Queria que esquecessem de onde eu tinha vindo e por qual motivo. Tive muito, mas paguei o preço todo e renunciei a muita coisa. Saiba que eu nunca contei a minha história a ninguém.

— Acredito. Eu também nunca revelei a minha.

Maddalena me olha fixo e, por um instante, não sei por que, lembro-me do que a Encrenqueira me contou: Teresinella com a arma na mão e, a cada disparo, o seu corpo todo tremendo.

— Aos dezessete anos, engravidei. O pai era jovem como eu e não quis saber. Levaram-me para o interior, para a casa de uma tia, até a menina nascer. O meu pai teve medo de ser expulso do Partido se a situação se tornasse de conhecimento de todos. Também não pude escolher. Certa manhã, acordei com o leite apertando o meu peito, e ela não estava mais lá.

O corpo de Teresinella, que para de atirar e de tremer; os olhos de Maddalena, que não encontram mais a sua filha. As palavras chegam até mim muito lentas, como se tivessem de percorrer toda a vida dela, desde a manhã em que acordou com o seio cheio de leite até o momento atual e se dilatar até preencherem cada ano que passou.

Depois Maddalena volta a sorrir, como um hábito antigo, e, mais uma vez, eu a reconheço.

— A solidariedade significa isso também. O que não pude fazer pela minha menina, fiz pelos outros.

45

Maddalena me acompanha até a porta. O menino nos segue, com as mãos às costas; procuro evitar o seu olhar. Então ela coloca a mão na testa, levanta os olhos para o céu e diz que estava se esquecendo de uma coisa importante. Deixa-nos sozinhos na entrada por alguns minutos. Estou cansado, quero ir para o hotel. Não consigo parar de pensar na recém-nascida roubada de sua mãe.

O menino tira as mãos das costas e me mostra duas folhas. Na primeira, ele fez o retrato de Maddalena quando jovem. No outro, tem um desenho oval cor-de-rosa com duas bolinhas azuis no meio, cabelo avermelhado e uma linha rosa virada para baixo, que deve ser a boca.

— É você. — Ele estende a folha para mim. — Fiz você mais jovem também... Ficou bom?

Aproximo e afasto a folha, fingindo observar o desenho escrupulosamente para descobrir todos os detalhes.

— É bonito... Mas por que tenho um papagaio no ombro?

— Que papagaio? É o violino. A vovó disse que você tem o violino desde quando era pequeno.

Revejo a cena em que olho debaixo da cama e não encontro nada. O menino me observa, talvez queira que lhe conte a história. Crianças sempre querem uma história. Como não sei contá-las, dobro a folha e a coloco no bolso.

— Obrigado. — E só.

Ele faz cara de desiludido, como se tivesse me dado um presente sem receber nada em troca.

— Sei um monte de coisas sobre você — Carmine comenta, com ar astuto. — A vovó me contou.

— A vovó falava de mim?

— Até guardava recortes de jornais.

— Não é verdade, ela nunca me ouviu tocar.

— Vimos você na televisão. A vovó comprou uma por sua causa. — Carmine verifica o efeito que as suas palavras produzem em mim. — Você é famoso?

— Você ficaria contente se eu te dissesse que sou?

Ele enruga a boca e dá de ombros. Não entendo a resposta.

— Depois você me ensina?

— O que eu tenho de lhe ensinar?

— A ser famoso.

— Está bem... vamos ver...

— Assim vou aparecer na televisão como você.

— Maddalena, preciso ir...

— Achei! — Ela volta com uma fotografia amarelada e a coloca sobre a mesinha. — Olhe aqui, sim, senhor!

A foto foi tirada na frente do Abrigo dos Pobres: ela aparece com outras meninas da mesma idade, com o comunista loiro e com o companheiro Maurizio, aquele que virou prefeito. Ao redor deles, um grupo de crianças, algumas com as mães, outras sem. Maddalena toca em todos os rostos, que o tempo já deve ter transformado a ponto de talvez tê-los tornado irreconhecíveis. O dedo magro, com a unha curta e limpíssima, desliza sobre cada fila de rostinhos e, quando chega ao fim de uma linha, recomeça na ponta da outra, como se estivesse lendo, para a frente e para a frente, até parar em um menino com o cabelo quase raspado, ao lado da mãe, uma mulher com as maçãs do rosto altas e boca carnuda que não sorri. Pela posição das suas mãos, dá para ver que não sabia o que fazer com elas, por causa da vergonha, e desse modo apoiara uma delas no ombro do menino. Na verdade, ele tinha se virado para ela, espantado com o gesto.

Vejo-me na foto. Depois olho para você. Estamos lá, os dois; olhamos um para o outro confusos antes de nos separarmos.

— Eu gostaria muito que você passasse para ver Tomma-sino — Maddalena me pede da porta, quando finalmente consigo chegar à escada.

Não respondo, mas me viro uma última vez, porque sei que não a verei mais, e um sentimento estranho toma conta de mim, uma saudade antecipada. Por trás dela, surge a cabeça do menino; está desiludido, como se eu fosse um trapaceiro, alguém que não cumpriu o que prometeu. O que esperava de mim? O que eu poderia fazer por ele? Dinheiro, presente, um telefonema de vez em quando? Seu olhar me deixa incomodado, me faz lembrar das vezes quando não cumpri de fato as promessas e achei mais fácil fugir diante de um pedido.

46

Volto pela mesma rua que pegamos na ida. Os ambulantes desmontaram as barracas, e a via pública parece duas vezes maior. Até o calor deu uma trégua – sopra uma brisa que traz o cheiro do mar, aí percebemos que o mar está sempre por perto, mesmo quando não o vemos.

Não tenho vontade de voltar para o hotel, não estou com fome, não sei se sinto saudade sua e ainda não entendi como sentirei sua ausência. A distância entre nós se tornou um hábito. Não comparecemos a tantos encontros. Desde o momento em que você me colocou naquele trem, eu e você viajamos sobre trilhos diferentes, que não voltaram a se cruzar. Mas agora que a distância é irreparável e sei que não te encontrarei mais, me vem a dúvida de que tudo entre mim e você tenha sido um equívoco. Um amor feito de mal-entendidos.

Na rua não há mais ninguém, caiu um silêncio artificial. De longe chega o som desafinado de uma corneta de ar e alguém lança fogos de artifício. Os comerciantes da rua Toledo baixam apressados as portas de enrolar e correm para casa para assistir ao jogo. Eu entro em um beco e vejo uma sapataria no meio do caminho. O sapateiro não fecha a loja, não tem pressa. Fica ali, na sua caverna minúscula e abarrotada de sapatos, para colocar meia sola ou consertar. Vou até lá e pergunto ao velho atrás do balcão se pode fazer algo nos meus calçados, que continuam a machucar. O homem se senta num banquinho e me pede para tirar os sapatos. Eu obedeço, fico de meias. Ele pega os calçados, primeiro um, depois o outro, e os observa de todos os lados, depois

CRIANÇAS DA GUERRA   211

olha para os meus pés. Estico os dedos dentro das meias, como se fossem animais selvagens em um cativeiro. Sem falar, ele me faz sinal para esperar e desaparece num cubículo. Sai de lá com um objeto de madeira com forma de um pé ligada a uma manivela por meio de um parafuso preto. Mantenho-me calado; é como se ele estivesse fazendo um feitiço. O velho enfia o instrumento em um sapato, o direito, e gira a manivela uma, duas, três vezes. Depois tira-o e repete a operação com o esquerdo. Por fim, escova e lustra os sapatos e os coloca diante de mim.

— Tudo pronto? — consigo falar.

Ele não se mexe, espera que eu calce. Quando fico de pé, constato que a dor nos calcanhares desapareceu. Dou um passo, depois mais um. Não consigo acreditar. O velho, que ficou o tempo todo em silêncio, por fim me diz:

— Os pés são todos diferentes, cada um tem uma forma, é preciso respeitá-la. Do contrário é um sofrimento que nunca acaba.

Eu agradeço e pergunto quanto é.

— Nada — afirma o velho movendo as mãos no ar —, é bobagem. — E volta para dentro.

Eu me dirijo ao hotel, mais rápido, mais ereto. Quem me visse passar naquele momento pensaria que sou um homem sem preocupações.

47

Abro os olhos e ainda está escuro. Eu me mexo na cama, mas não consigo voltar a dormir. Levanto-me, debruço-me no balcão. Olho para o horizonte e vejo que em algum lugar o céu já está clareando. Nunca gostei do alvorecer: me faz lembrar de noites em claro, de sonhos agitados, de emergências, de aviões que partem muito cedo para ir para uma cidade estrangeira. Para mim, qualquer cidade é estrangeira.

Tomo um banho muito demorado. Depois me visto, camisa clara e calça leve, nada de paletó. Calço as meias e os sapatos; hoje de manhã não preciso de curativos adesivos para os calcanhares. Volto para o banheiro e me olho no espelho como se me visse pela primeira vez. Os olhos são os mesmos, não mudaram: de um azul intenso, vindos sabe-se lá de onde. Talvez do meu pai misterioso, apaixonado pela América, que só me deixou o nome e fugiu. Os seus eram pretos, como o cabelo e as sobrancelhas, finas e definidas, quase desenhadas a lápis carvão. Eu era um menino, mas sabia que você era bonita. Não bonita como uma mãe pode parecer a um filho. Eu percebia que os homens gostavam de você. Sentia os olhares deles quando você passava, as palavras carregadas de insinuações. Quando eu nasci, você era tão jovem, tinha perdido os pais: o seu pai na frente de batalha, a sua mãe em um bombardeio. Você se salvou e começou a trabalhar como costureira para sobreviver. Trabalhos pequenos, uns remendos. Nunca quis pedir nada a ninguém. Os homens que teve só te deixaram filhos. E você, o que me deixou, o que me resta de você? Talvez o seu jeito enviesado de ver a vida, desconfiada de que, lá bem no fundo, sempre tem coisa errada. E aquele ar taciturno. Eu, quando pequeno, era um linguarudo, agora, na maturidade, com o dobro da idade que você tinha naquela época, fiquei parecido com você. Falar não é o meu forte. A ingenuidade daqueles anos se transformou numa máscara de indiferença, e a franqueza de então, na vocação para mentir.

O café da manhã no hotel ainda não foi servido, vou tomá-lo pelo caminho. Tenho tempo. Percorro a pé à beira-mar até a praça do Plebiscito. Não me sinto mais como um turista, mas também não pertenço à cidade. Talvez serei apenas sempre só isso: alguém que foi embora.

Paro numa doceria na rua Toledo, que permanece idêntica àquela da minha lembrança, com prateleiras azul-celeste atrás das vitrines e doces que, saídos do forno em fluxo contínuo, espalham um perfume de baunilha e de floral por toda a calçada. Era aqui que vínhamos, eu e Tommasino, com as poucas moedas na mão que a Bonachona nos dava, e dividíamos aquele minúsculo prazer como se fosse algo excepcional. Antes de partir, muitas coisas eram excepcionais para mim.

Sento-me a uma mesinha banhada pelo sol e saboreio o meu doce. Eu poderia ser uma outra pessoa agora. Um contador, um sapateiro, um médico. Pago a conta e começo a caminhar.

O tribunal de menores fica num edifício baixo e vermelho circundado por uma grade cinza, na zona das colinas da cidade. Pergunto ao porteiro, um homem baixinho com um tufo pequeno de cabelo puxado de um lado para o outro da cabeça, onde é o gabinete do juiz Saporito.

— O juiz Saporito? — repete o funcionário, alisando a careca. — Só atende com hora marcada. O senhor tem hora marcada?

— Não preciso — digo, recuperando a ousadia da infância. — Diga a ele apenas o meu nome: Amerigo.

O homenzinho queria me mandar embora, mas tem medo de que eu seja uma pessoa importante. Na dúvida, disca o número do gabinete para verificar. Repete o meu nome e fica à espera alguns segundos. Só o tempo necessário para que, do outro lado da linha, ele volte na memória até chegar à imagem de nós dois, meio metro mais baixos e com os cabelos de outra cor.

— Pode subir, terceiro andar — diz enfim o porteiro, impressionado.

Dirijo-me para o elevador a passos rápidos, enquanto ele se debruça da guarita para tentar entender com quem estava tratando.

Quando Tommasino abre a porta, lemos nos olhos um do outro todo o tempo que passou. Não é preciso sincronizar o passado com o presente, é como se os anos, desde a minha fuga de trem até agora, não tivessem existido, um parêntese cheio de coisas para nós dois, boas e más. Parêntese do tamanho de uma vida, sem relevância na história da nossa amizade.

O gabinete de Tommasino é pequeno e muito bem arrumado. Ele me mostra as fotos da mulher e dos dois filhos, um rapaz e uma moça, dois jovens inteligentes que ainda não chegaram aos trinta. O filho se formou em direito, mas depois descobriu que a sua paixão era a cozinha e abriu um restaurante no Vomero; a filha, professora, agora está de licença-maternidade. Esta notícia, mais do que qualquer outra, me faz vacilar e me obriga a recalcular a distância que os anos puseram entre ele e mim. Só diante do retrato da sua netinha entendo que o tempo entre nós se rachou e que as nossas vidas caminharam fora de sincronia.

O cabelo de Tommasino ainda é cacheado, mas penteado para trás. Tem poucos fios brancos. Ambos estamos com mais de cinquenta, mas acho que envelheci pior do que ele, mais depressa.

— Carmine é um menino que sofreu muito. Não quero dizer como nós, são coisas diferentes. Se ainda existissem aqueles trens, os nossos trens... — Tommasino não se envergonha da nossa história, e tem orgulho daquela salinha repleta de papéis.

Eu observo as minhas mãos, os calos nos dedos, e parece que me tornei adulto inutilmente.

— Ameri, pense. Você é o único parente que restou a ele.

Fico quieto. Não quero responder. Nem sei qual é a pergunta. Tommasino me olha com a mesma expressão de Carmine, quando saí da casa de Maddalena, como se eu não tivesse cumprido o que prometi. Mas eu não fiz promessas a ninguém, preferi ficar sozinho em vez de prometer. Para fugir do seu olhar, examino o gabinete: os livros alinhados nas estantes das paredes, a escrivaninha de madeira clara, a cadeira onde, no decorrer dos anos, foi se imprimindo a marca das suas costas. Numa outra escrivaninha, ao lado das fotos dos filhos e dos pais, dona Armida e o senhor Gioacchino, vejo a do seu pai bigodudo, com cabelo branco, e de sua mulher, sempre imponente, mas com algumas rugas a mais. Aqui está a resposta. Eu a tenho diante dos olhos.

48

oje à noite, em vez de voltar para o hotel, vou dar uma volta pelas vielas do seu bairro, para me despedir delas pela última vez. As ruas, que antes eram pesadas e opressoras, agora são um pouco mais familiares para mim. Ainda tenho medo do passado, mesmo assim procuro por ele.

Encontro o seu beco silencioso, e parece que só eu fiquei na cidade. Antes de chegar ao fundo, passo na frente de uma residência de onde vem a luz azulada de uma televisão ligada. As persianas estão abertas. É a casa da Encrenqueira.

Fico alguns segundos à espera, como se fosse vê-la aparecer de uma hora para outra com o avental amarrado nas costas e o sorriso largo. De dentro, vem uma voz de homem:

— Está procurando alguém? — Surge na janela um velho de cabelo grisalho e ralo preso em um rabo de cavalo fino que encosta no colarinho da camisa. — Quem o senhor procura?

— Ninguém, ninguém... Desculpe-me pela intromissão, boa noite.

O homem sai arrastando os pés e com o cigarro na mão; tem as sobrancelhas grossas, desgrenhadas e olhos muito azuis. Ele olha para mim e pisca várias vezes. Volto para trás e paro na frente dele: é o velho da igreja.

— Mas não é aqui que morava a Encrenqueira? — pergunto.

— Que Deus a tenha... — O homem dá uma tragada e fita o céu. — Morreu faz... — Conta nos dedos e solta a fumaça, produzindo pequenos anéis que desaparecem bem devagar. — ... uns quatro anos. Logo depois da morte de Gorbatchov...

— Mas Gorbatchov ainda está vivo...

— Não, senhor, a Encrenqueira me disse precisamente que Gorbatchov tinha morrido e o comunismo também. Poucos dias depois, ela veio a falecer...

Não consigo entender se ele está caçoando de mim ou não. O velho continua a fumar daquele jeito estranho e a falar:

— Sou viúvo. Estava na casa com a minha filha casada, o marido e as crianças, duas meninas e um menino. A Encrenqueira não tinha parentes, como os meses foram passando e ninguém veio tomar posse da propriedade, vim ficar aqui na casa dela... Mas o senhor é sobrinho dela? — quer saber, preocupado com a possibilidade de vir a perder a moradia.

— Fique tranquilo, não vim pegar nada.

— Então o senhor é jornalista, tem uma cara conhecida...

— Não, faço publicidade de loção pós-barba.

O velho fica em silêncio e me observa, piscando os olhos em intervalos que me parecem normais. Acende outro cigarro, e os anéis de fumaça tornam a girar no ar. E, finalmente, me dou conta:

— Você é o Cabeça de Ferro!

Ele não responde e se desloca para um dos lados da porta.

— Entre... — Por alguns segundos, os seus olhos resistem ao impulso de se fechar e de se abrir, e reconheço o seu olhar de antigamente, do mesmo azul.

Fico um pouco hesitante na entrada, mas depois enfio a cabeça para dentro e, com o olhar, consigo abraçar a casa inteira: o mesmo papel de parede amarelado nos cantos, o chão em vários tons de cinza, as lajotas irregulares e lascadas em todo o perímetro do cômodo e, no canto diante do banheiro, consigo até reconhecer a minha lajota.

— Como o senhor é tão gentil — digo, enquanto ele, num outro canto, acende outro cigarro —, eu peço que me permita procurar uma coisa que me pertence. Posso?

O homem olha ao redor e abre os braços, como dizendo: "Mas o que pode haver aqui que lhe interesse?". Tiro o paletó e o coloco sobre a cadeira ao lado da mesa. Depois, me ajoelho ao lado da fila de lajotas que levam ao banheiro. Apesar da idade, me agacho com a mesma familiaridade que as crianças têm com a rua, com o chão. "Ameri, levante do chão", você me repreendia.

Passo a mão de leve sobre as lajotas, sentindo nos dedos o pó acumulado. Acaricio todos os quadrados com a ponta dos dedos para sentir as irregularidades. Paro numa lajota que parece mais gasta do que as outras. Puxo, primeiro devagar e depois mais forte, mas ela resiste. O homem me observa e arregala os olhos de vez em quando com o seu tique involuntário. Tenho a impressão de que está me estudando, mas talvez esteja só preocupado com o piso. A lajota se desprega, e eu caio para trás com o quadrado de cerâmica na mão. Embaixo, há um buraco.

— Como o senhor me conheceu? — pergunta o velho.

Voltam para diante dos meus olhos os pacotes de coisas escondidas embaixo da cama, as roupas velhas que eu lhe trazia todo dia e que eram limpas, consertadas e vendidas na banca do Cabeça de Ferro. Você e ele se fechavam em casa para trabalhar e me mandavam embora.

— Eu também, quando era pequeno, tive uma banca no mercado — respondo.

O homem não fala mais nada. Não dá para entender se está com raiva porque quebrei o piso ou curioso de saber o que tem no buraco, o famoso dinheiro da Encrenqueira. Talvez esteja percorrendo com a memória o mesmo caminho e reconstruindo sobre o meu rosto quase velho o do menino de cabelo ruivo.

Enfio o braço no buraco e puxo de lá uma caixa de lata com os cantos enferrujados. Sob a camada de pó dá para ver ainda o azul-celeste do esmalte e o nome da marca de biscoitos. Não fui eu quem comeu os biscoitos, a lata foi um presente do salsicheiro do Pallonetto. Você a usava para guardar o material de costura. Depois, um dia, foi o próprio Cabeça de Ferro que lhe deu de presente uma caixa de costura profissional, de madeira, com duas portinholas que se abriam para cima magnificamente, e muitas divisões para os carretéis de linha de várias cores e para as agulhas de diferentes tamanhos. A caixa de madeira nova tinha três superfícies que se erguiam com dobradiças de metal. Como era bonita! Parecia uma nave espacial das revistas de história em quadrinhos de ficção científica que eu via penduradas nas bancas de jornais no Rettifilo. Então você me deu a caixa de biscoitos. Você nunca tinha me dado presentes antes, e aquela caixa azul era preciosa para mim. Eu não deixava ninguém brincar com ela, nem Tommasino. Só a mostrei para a Encrenqueira, e nós decidimos colocar dentro dela tudo o que eu queria guardar, como num cofre. A Encrenqueira disse que tinha um lugar secreto. E assim, os meus tesouros ficaram no buraco por todos esses anos e ainda estariam lá, caso o Cabeça de Ferro não tivesse me permitido a entrada. Viveriam mais do que a Encrenqueira e do que eu. Como tudo o que fica em suspenso, deixamos para o dia seguinte sem saber se existirá o dia de amanhã. Como a sua massa à genovesa.

Eu e o Cabeça de Ferro ficamos olhando para a caixa, nenhum dos dois tem pressa. O tempo se dilatou para mim e para ele e, de repente, ficou confortável como os meus sapatos. Coloco a caixa de lata em cima da mesa de fórmica marrom e enfio as unhas no sulco da tampa, que pula fazendo um barulho metálico. Os meus tesouros reaparecem, um a um, junto com a minha capacidade intacta de recordar.

O pião de madeira com o barbante enrolado e a ponta de metal... "Ameri, larga esse pião, amor da mamãe!"

As tampas das garrafas de cerveja americana que um soldado bêbado me deu... "Qual o cheu nome, benininho? Qual o cheu nome?"

Um pedaço de pão duro que eu e Tommasino roubamos da casa da Bonachona... "Saia daí, ladrãozinho safado! Até pão você rouba, feito rato!"

Pedaços de barbante, uma casca de noz com uma vela minúscula no centro, gasta até a metade, um alfinete de fralda, uma pena de papagaio. Quatro coisas velhas que já estavam escangalhadas quando eu as peguei sabe-se lá em qual lugar na rua: todos os meus brinquedos.

E ainda: folhas de papel dobradas em quatro com os cantos amarelados e desfeitos pela umidade. Eu as abro com medo de que se desmanchem nas minhas mãos. Primeiro, um recorte de jornal quase totalmente apagado com o retrato de um desconhe- cido, um homem alto e de cabelo cacheado, que eu pensava que fosse ruivo, e embaixo, em letras grandes: "Giggino, o americano". Eu o guardara para poder imaginar um pai.

O Cabeça de Ferro vai fixando o olhar em todos aqueles acha- dos que surgem um após o outro. Depois se agacha no chão; é tão ossudo que penso que vai se quebrar. Estamos tão próximos que, por uns instantes imagino que vai me fazer um carinho. Mas não. Ele afunda o braço, que desaparece no buraco, e a sua orelha quase encosta no chão. O homem dá um gemido por causa do esforço, parece que quer fincar a mão em todo canto lá dentro para encontrar o dinheiro da Encrenqueira, as joias, as pedras preciosas, o ouro. Mas nada. O tesouro acabou.

— Não é verdade que você faz publicidade de loção pós-barba. — Ele me lança um olhar desafiador. Passou a me tratar por "você", como se, de repente, sentisse superior a mim.

Eu me levanto e, com a caixa debaixo do braço, despeço-me e saio.

— Venha me ver de vez em quando — o velho pede. — Tem tanta coisa que posso te contar... — ele diz, e eu escuto quando já estou no beco.

O Cabeça de Ferro fecha a porta, e eu paro a poucos passos da janela. Na penumbra vejo o homem que, certo de estar sozinho, solta anéis de fumaça para o teto e, em seguida, torna a enfiar a mão no buraco. Aproximo-me da porta e, sobre a caixa da cor- respondência, noto o escrito à caneta na etiqueta branca de uma plaquinha: Luigi Amerio. Na nossa cidade, todos temos um apelido que levamos para o resto da vida e até para depois da morte, no anúncio fúnebre; caso contrário, as pessoas não se reconhecem. Eu nunca soube do nome do Cabeça de Ferro: Luigi Amerio.

O Cabeça de Ferro, no nome e no sobrenome, tem os nomes dos seus dois primeiros filhos: Luigi e Amerigo. Ou talvez sejamos nós a ter o dele sem que soubéssemos.

49

—*M*addalena me disse que você é Speranza como eu.

— O meu sobrenome é Benvenuti, fui adotado.

— E agora vão me adotar também? — Carmine caminha a passos miúdos ao meu lado sem parar de falar.

Ele me disse que eu também, quando pequeno, fazia muitas perguntas. Que eu era um espoleta. Não, como é mesmo que você dizia sempre? Ah, que eu era um castigo de Deus.

— A minha mãe fala que, ao andar sozinho pela rua, preciso sempre dar a mão a um adulto. — E ele procura pegar na minha.

— Mas aqui estamos na calçada, os carros não passam.

O menino pensa, balança a cabeça, não se convence. Quando Maddalena me ligou no hotel e propôs que eu levasse o garoto para dar uma volta porque ela tinha um compromisso, eu entendi que se tratava de uma armadilha. Maddalena é teimosa, as coisas têm sempre de ser como ela quer. O seu mundo não tem últimos, concluo, e me lembro daquele salão em Bolonha e da vergonha que eu sentia à medida que as outras crianças eram escolhidas e eu ia ficando sozinho, sem que ninguém pegasse na minha mão e me levasse dali.

— É verdade que você teve uma outra mãe quando era pequeno?

Chegamos ao fim da calçada.

— Foi o meu pai que disse. A vovó não quis me contar essa história.

O sinal fica verde para os pedestres.

— Sorte sua! Eu também queria outra mãe às vezes. — Carmine estende a mão na direção da minha, e dos seus olhos caem duas lágrimas.

Seguro a sua mão, é macia e fria. Carmine aperta forte, esfrega o braço no rosto para tirar as lágrimas, e chegamos juntos ao outro lado da rua.

Estamos de novo na calçada, mas ele não larga minha mão. Vem à minha mente o cheiro da Derna quando, no ponto para pegarmos o bonde para Módena, ela me acolheu no seu casacão. E tenho medo. A minha mão, que até então era hábil em manejar o arco de um violino, pode ser um instrumento capaz de consolar e dar força. É um poder tão grande que não tenho certeza de ser capaz de usar. A mão que segura a mão do menino de repente se sente fraca. Acabou de fazer uma promessa que não é capaz de cumprir.

— Hoje está muito calor para irmos ao zoológico, vou levar você de volta à casa de Maddalena.

— Vamos lá outro dia?

Penso no voo para Milão, nos concertos programados e não respondo.

— Quando voltar, você vai ter uma surpresa.

Chegamos ao portão de Maddalena e, enquanto me afasto, continuo a sentir a maciez da palma da sua mão impressa na minha.

50

No tribunal de menores, o porteiro com o aplique no cabelo me deixa entrar imediatamente. E ainda me chama de doutor, veja só! Na sua cidade, os títulos de estudo não são acadêmicos, são honoríficos.

— Por favor, doutor, o juiz Saporito está à sua espera. — Depois, aproxima-se do elevador e aperta o botão da descida.

Tommasino me recebe, fecha a porta e se senta à mesa de trabalho. Eu também me sento.

— Vim me despedir de você.

Tommasino alisa o cabelo, como se ainda fosse cacheado e rebelde como quando tinha sete anos.

— Boa notícia! Da última vez você fugiu sem me dizer nada.

Batem à porta, e aparece a cabeça do porteiro.

— Senhor juiz, aceita um café?

Nesta nossa cidade, o café não é uma bebida, mas um ato de devoção. Tommasino faz sinal com a mão, e ele desaparece.

— Você se lembra dos camundongos pintados? — indago, observando as fotos na escrivaninha.

A expressão séria de Tommasino se descontrai em um sorriso.

— E quem poderia esquecer?

— Antes de partir, tudo era possível, até vender ratos por hamsters. Na volta, ao contrário, nem eu poderia imaginar, a mágica se quebrou. Não tinha mais nada aqui, só a minha mãe; lá, todo o resto. Preferi o resto e me tornei o que sou: o maestro Benvenuti.

Paro, não sei bem como continuar; depois as palavras começam a sair sozinhas, sem que eu escolha:

— Mas sou também o outro, aquele que tem o mesmo sobrenome de Carmine.

Não sei se Tommasino entende direito. A sua vida foi diferente, não precisou escolher. Em cima da escrivaninha, não está faltando a fotografia de ninguém.

— Ele poderia vir ficar comigo — falo tudo de uma vez. — Sou o único parente que lhe resta, como você mesmo disse. Até que a situação se ajeite. Até que se resolva...

— Fico contente por você pensar assim, mas...

— Eu sei, é complicado, moro sozinho, viajo muito, mas posso fazer alguma coisa por ele. Tive tanto e nunca dei nada.

Tommasino abre a boca e volta a fechá-la.

— Não digo para sempre, apenas alguns meses. Partimos juntos e depois vemos...

— Ameri, não precisa mais, a mãe saiu da prisão.

— Como?

— Ela voltou para casa ontem.

— Foi absolvida?

— Não exatamente. Está em prisão domiciliar, já que tem um filho menor de idade. De qualquer modo, a pena dela foi atenuada.

— E Agostino?

— Nada ainda. As investigações estão em curso, veremos. A acusação é pesada.

— Drogas?

Tommasino parece desolado, como se a culpa fosse dele e minha, em partes iguais.

— Mas e o menino? Podemos ficar tranquilos?

— É a mãe dele...

Não sei. Fico confuso. A coisa certa a ser feita está sempre do lado de lá. A mãe voltou, é uma boa notícia, mesmo assim não consigo me alegrar.

— Quero falar com ela. Quero dizer a essa mulher que pode me ligar, que posso ajudá-los. Você tem o endereço?

Tommasino balança a cabeça sem entender. Há alguns dias, eu não queria saber de nada a esse respeito, agora é exatamente o contrário. A minha mão fez uma promessa e começou a elaborar projetos para o futuro. Como acontece quando nos apaixonamos.

Tommasino tira um processo de uma pilha em cima da escrivaninha e escreve para mim um endereço e um número em um pedaço de papel amarelo.

Nós nos despedimos como se fôssemos nos rever no dia seguinte, como dois amigos costumam se despedir.

— Espere — ele diz antes que eu saia do gabinete —, tem algo que quero lhe dar. — Mexe na gaveta da escrivaninha e tira uma folha dobrada em quatro. — Eu a procurei depois que você veio me ver. Você me fez lembrar de tanta coisa...

Desdobro a folha e surgem sobre a página amarelada três rostos de crianças desenhadas a lápis: a loirinha careca, o ruivo ruim e o negro.

— É o desenho que aquele jovem fez de nós no dia da nossa partida...

— É seu, Ameri, é um presente. Tem assinatura e data. O companheiro Maurizio, você se lembra?

Não falo nada. Torno a dobrar a folha e olho fixamente para o bico dos meus sapatos, ainda incrédulo por não sentir mais dor. Então, lentamente, vou me aproximando da porta do gabinete. Pela janela, dá para ver lá fora as árvores se inclinando na direção do mar. O tempo está mudando.

51

Sobre a madeira escura da porta há uma plaquinha de latão onde se lê: "A. Speranza". Poderia ser eu, poderia ser a minha casa, a minha vida. Mas é o apartamento de Agostino, a vida dele. Não sei se é melhor ou pior. A erva boa e a erva daninha, como você pensava. Fico ali diante da porta sem bater e imagino o outro Amerigo, o que ficou na cidade onde nasceu durante todos esses anos. Eu o vejo percorrer as ruas e os becos, igual e diferente. O que se tornou diferente por causa de uma vida diferente. Mais gordo. Com menos cabelo. Com a tez mais escura. Mais sorridente. Com uma mulher do lado. Uma mulher de cabelo preto e seios fartos. Seria artesão ou operário. Teria trabalhado com o pai sapateiro de Mariuccia, como você queria. Depois, já maior, teria aberto uma pequena sapataria. Teria colocado sola nova em uns sapatos e consertado uns outros, teria adaptado aos pés de quem iria calçá-los. Porque sabia o que significa usar sapatos que não eram seus. Ou teria ele mesmo feito os sapatos artesanalmente. O negócio poderia ter ido bem ou mal. Talvez muito bem. Poderia até ter vendido sapatos para o exterior. Para os Estados Unidos. E ele teria levado você para os Estados Unidos. Teria cuidado de você.

Há uma campainha, mas não a aperto; bato de leve com o nó dos dedos.

— Quem é? — pergunta de dentro uma voz de mulher.

— Sou Amerigo, nós não nos conhecemos. Vim me despedir do menino.

Ouço falar atrás da porta. A mulher pergunta ao filho, que talvez esteja na outra sala vendo televisão. E então silêncio. Bato de novo. A porta se abre, mas só aquele tanto para mostrar dois olhos castanhos e franja curta loira num rosto afilado.

— Desculpe — diz a minha cunhada —, mas não posso deixar o senhor entrar, ninguém pode entrar. Agostino me falou do senhor.

— Senhor, não, você — digo, olhando pela pequena abertura.

— Me chamo Rosaria. — E estica a mão através da fresta. — Olha, se você quiser, pode levar um pouco o Carmine, eu não posso sair.

O menino corre para fora e pega na minha mão.

— Tio! — exclama com os olhos alegres, porque mantive a promessa.

— Eu o trago de volta dentro de uma hora, não se preocupe.

— Não me preocupo. — Rosaria está quase fechando a porta, mas muda de ideia. — Não se preocupe também — diz com a cara tensa, um rosto ainda jovem, mas marcado por olheiras que devem ser recentes. — Agostino é um homem bom, eles se enganaram. Nós dois somos pessoas de bem.

— Claro — respondo envergonhado —, eu sei.

— Não, você não sabe nada. — Ela abre a porta um pouco mais. Reparo também na sua mão, que se apoia no batente da porta; tem as unhas curtas e os dedos finos e compridos de pianista. — Você nunca se importou conosco.

Enquanto fala, Rosaria vai se aproximando de mim, para que o menino não escute, e eu descubro que os olhos não são castanhos, mas de um verde-escuro.

— Desculpe, Rosaria... — lamento e sinto que as desculpas não são só para ela, mas para você também, mãe.

— Pedindo desculpa por quê? — Ela muda o tom, como se não estivesse mais com raiva, só cheia de tristeza. — Não aconteceu nada. Quando Agostino voltar, vou pedir a ele para te ligar; ele também errou com você. — E me dá um meio sorriso. — Carmine gosta de você.

Rosaria fecha a porta sem que eu possa responder.

— Vamos? — diz o menino.

Caminhamos pelas ruas arborizadas do bairro residencial. Parece que estamos em outra cidade. As caras têm uma cor diferente, os traços são menos marcados, o tom da voz mais baixo, o ar está fresco.

— Você sempre morou aqui, Carmine?

— Não. Quando eu era muito pequeno nós morávamos na casa da vó Antonietta. Mas não me lembro. Foi o que me disseram. Agora também eu ficava na casa dela, dormia lá, brincava, ia ao oratório na igreja de dom Salvatore...

— E saía para a rua com os seus amigos para fazer molecagens...

— A minha mãe está sempre nervosa.

— A minha também era assim.

— Não é verdade. Ela era alegre.

O amor está sempre cheio de mal-entendidos, penso. Caminhamos para o parque.

— Quer um sorvete?

Ele faz que não com a cabeça.

— Não gosta?

— Não estou com vontade.

— Do que você tem vontade?

— Sinto falta da vovó.

— Eu também.

Seguimos em silêncio até a entrada do parque. De repente, o menino para e me puxa pela mão.

— Você vai embora de novo, não é?

— Parto amanhã — não consigo mentir. — Mas volto logo.

— Então temos de ir agora.

— Fazer o quê?

— É segredo. Uma surpresa da vovó. Ela falava que quando você tivesse voltado íamos fazer juntos. Mas agora...

Carmine dá um sorriso triste, e só então percebo que lhe falta um dente; o ratinho o levou.

— Não sei se a surpresa ainda está valendo...

— Vamos ver — digo.

Voltamos a subir pela colina e entramos no bondinho. Chegamos ao seu bairro, as casas baixas, uma em cima da outra, encravadas nas ruas mais elegantes, a poucos passos da praça do teatro. No beco, as vozes das pessoas me fazem lembrar das palavras de antigamente, cadenciadas como uma cantiga. "Boa noite, dona Antonietta!" "Felicidades, dona Bonachona!" "E com o menino, tudo bem?" "Crescendo como a erva daninha..." "Os negócios progridem?" "Não entendo, o que quer dizer com isso?" "Pergunte ao Cabeça de Ferro..." "Tem muita fofoca!" "O seu marido vai voltar?" "Claro que vai!" "Com licença, dona Antonietta." "Boa noite, dona Bonachona!"

Diante da sua casa, seguro e aperto de leve a mão de Carmine. A porta continua aberta, ninguém mexeu em nada. Entramos juntos. Sinto a tristeza no peito. O menino me leva para perto da sua cama e me diz:

— Aqui embaixo. Está aqui a surpresa.

Agacho-me no chão para ver debaixo da cama, onde ficavam os pacotes do Cabeça de Ferro. Carmine tem os lábios contraídos pela emoção, e eu também. Estico o braço e o apanho.

— A vovó levou um tempão para encontrar, mas acabou achando. Disse que tinha de voltar para você.

Abro o estojo um pouco empoeirado, ergo a tampa: o violino é ainda menor do que me lembrava, parece de brinquedo. É como se eu tivesse ganho o instrumento de novo, só que, desta vez, quem me dá o violino de presente é você. A fita ainda está costurada no forro, desbotada, mas dá para ler o meu nome: "Amerigo Speranza".

— Viu? Você também é Speranza.

Passo a ponta dos dedos nas cordas e revejo o papel colorido que embrulhava o violino no dia do meu aniversário, as aulas do maestro Serafini no fundo da oficina do Alcide, a emoção ao ouvir aqueles sons que começaram estridentes e aos poucos foram ficando cada vez mais doces, pela prática dos exercícios e por causa dos meus dedos, que se tornavam cada vez mais hábeis.

— Você está contente. — Não é uma pergunta de Carmine, mas uma exigência.

52

Vim ao cemitério para lhe trazer uma flor. E, pela primeira vez, depois de tanto tempo, a gente se encontra sozinho de novo, eu e você. No começo, tentei rezar, mas depois entendi que não era caso de improvisar. Tentei falar com você, parecia que eu tinha algo importante para dizer, mas nada me vinha à cabeça. Desperdicei tanta raiva que acabei esquecendo o motivo dela.

O céu está imóvel, nem bonito nem feio, à espera do tempo que virá. Poucas pessoas procuram os seus mortos nos corredores das lápides. Trouxeram flores novas e óleo para as lamparinas. Também coloquei uma flor no seu túmulo. Não acendi lamparinas, você não gostava de dormir com a luz acesa. A flor murchará amanhã ou depois de amanhã, não importa. Mas nunca deixarei de pensar em você: todos os anos que passamos longe um do outro foram uma longa carta de amor; cada nota que toquei, eu a toquei para você. Não tenho mais nada a te dizer. Não preciso conhecer as respostas. Sobre o meu pai, sobre Agostino, sobre o seu distanciamento e sobre os nossos silêncios. As dúvidas permanecem e fico com elas, levo-as comigo para me fazerem companhia. Não resolvi nada, não tem importância.

Fico ainda mais um pouco diante da flor. Espero em pé até sentir as pernas pesadas e, então, me despeço. Aquilo que não dissemos não diremos mais, mas para mim bastava saber que você estava lá, do outro lado daqueles quilômetros de estrada de ferro, durante todos esses anos, de braços cruzados sobre o meu casaquinho. Para mim, é ali que você vai ficar. À espera, sem ir embora.

53

O tempo esfriou de uma hora para outra. É junho, mas parece novembro. Esta noite choveu. Um temporal que parecia não deixar esperanças. No entanto, hoje de manhã, nasceu um sol pálido, uma pele enrugada no meio de um céu cinza. Mas a temperatura caiu, um outono inesperado. Na rua, as pessoas dizem que não podem mais ficar tranquilas e que tiveram de pegar os casacos no guarda-roupa onde tinham guardado por causa da mudança da temperatura.

A estação da praça Garibaldi está cheia de gente. Quando eu ia lá junto com Tommasino para ver a partida dos trens, tudo era duas vezes maior. Lembro-me da voz que anunciava as chegadas e partidas, e as pessoas que levantavam as malas enormes para colocá-las a tiracolo no ombro e iam para a plataforma. Ergo os olhos para o painel e leio o número. Caminho a passos lentos para a plataforma. Na última vez quando estive aqui, estava escuro, eu e você tínhamos brigado e eu corria descalço na direção oposta às músicas e às luzes da festa de Piedigrotta. Desde então, sempre evitei estações ferroviárias, sentia-me pouco à vontade. Mas hoje fui à agência e troquei a passagem aérea pela de trem. Preciso refazer a viagem de tantos anos atrás.

Na plataforma sopra um vento frio, e todos aqueles que estão à espera se apertam nos casacos. Eu também tremo no meu paletó de linho.

A chuva começou a cair. Cheguei à cidade com a cara molhada de suor e vou embora com a cara molhada de chuva. Mesmo assim não me sinto triste; a alegria do sol e do céu azul é uma falsidade difundida pelas canções populares, enquanto o tique-taque da chuva que cai me serve para não pensar no tempo que escorre.

Consulto o relógio e me viro pela última vez. Com o olhar, procuro por entre as pessoas que se aglomeram sob a marquise e suspiro. O trem entra na estação com um apito estridente e depois para. Subo lentamente os degraus que me levam ao vagão, olho para o bilhete e procuro o meu lugar. Não me sento, continuo olhando a plataforma, esperando. Uma senhora loira com o vestido estampado com florezinhas vermelhas vai se sentar no lugar na frente do meu. Ajudo-a a erguer a mala e a colocá-la no compartimento de bagagens. Ela me agradece com um sorriso, e, então, eu vejo os dois chegando, correndo, com os cabelos despenteados pelo vento, que ficou cada vez mais forte. Bato mais de uma vez no vidro para chamar a atenção deles. Passam pelo meu vagão e param uns metros à frente. O trem bufa de novo, mas as portas continuam abertas. Desço correndo, e Carmine larga a mão de Maddalena, vindo ao meu encontro.

— O ônibus demorou, tinha trânsito — ele diz ofegante, enquanto eu me ajoelho e o abraço.

— Quando eu voltar, quero encontrar você à minha espera, está bem?

— Está bem, tio, venho junto com o meu pai.

O trem assobia de novo, pela última vez, e eu volto a subir a bordo. Vou até a janela, estico o braço, mas não consigo tocar a mão do menino. Dei a ele o meu violino, aquele que você me fez reencontrar. É do tamanho ideal para Carmine, pode ser que ele tenha vontade de aprender a tocar aqui, sem ter de fugir, sem ter de trocar os seus desejos por tudo o que tem. As portas se fecham e o trem se move. Maddalena e Carmine vão ficando cada vez menores à medida que a locomotiva desliza sobre os trilhos.

A cidade fica para trás, primeiro devagar e depois um pouco mais rápido, e os minúsculos pingos de chuva vão se espalhando nos vidros, deslizando e sumindo com intensidade crescente.

Acomodo-me no meu assento: lá fora árvores, casas e nuvens passam correndo.

A mulher com o vestido florido sentada à minha frente abriu um livro e começou a ler. De vez em quando, tira os olhos das páginas para me observar. Em dado momento, indica o estojo colocado ao lado da minha mala e sorri.

— O senhor é músico? Sou apaixonada por música sinfônica.

— Sou violinista.

— Veio para um concerto?

— Não, voltei para ver minha família. Vivo em outro lugar, mas esta é a minha cidade. — Eu me surpreendo com o quanto a verdade é fácil.

Ela me estende a mão e se apresenta. Eu a cumprimento e sorrio também:

— Muito prazer, Amerigo. — E depois acrescento: — Speranza.

O vagão é confortável, o trem é silencioso, não faz nem frio nem calor, as vozes ao redor me embalam como um leve sussurro. Há muito tempo ainda à minha frente, mas não tenho pressa, a viagem mais longa eu já fiz: tive de percorrer ao contrário todo o caminho até você, mãe.

O meu violino está no compartimento de bagagens, e a mulher loira voltou a se concentrar na leitura. De vez em quando, nossos olhares se cruzam. De repente me sinto cansado, como uma criança satisfeita. Então fecho as pálpebras, apoio a cabeça no encosto e o sono chega docemente.

LEIA TAMBÉM

ENTREGUE A OUTRA FAMÍLIA PELA SEGUNDA VEZ,
ELA NÃO SABE MAIS QUAL PARTE DA SUA VIDA É REAL.

ASSINE NOSSA NEWSLETTER E RECEBA
INFORMAÇÕES DE TODOS OS LANÇAMENTOS

WWW.FAROEDITORIAL.COM.BR

Há um grande número de portadores do vírus HIV e de hepatite que não se trata. Gratuito e sigiloso, fazer o teste de HIV e hepatite é mais rápido do que ler um livro.

Faça o teste. Não fique na dúvida!

CAMPANHA

ESTA OBRA FOI IMPRESSA
EM JANEIRO DE 2025